ドクター井口の人生いろいろ

「旅の途中で……」

名古屋大学名誉教授
愛知淑徳大学教授
井口昭久
Akihisa Iguchi

風媒社

旅の途中で——ドクター井口の人生いろいろ ◉ 目次

III 会議の法則 —— 83

Ⅳ

I

私の字が下手な理由

私の字が下手な理由

私は現在、私立大学で講義をしている。時折学生たちにレポートを書かせる。近頃の学生はきれいな字を書く。特別に偏差値が高い学生の集まりでもないが、一様にわかりやすい文字を書く。判読不明な文字を書く者はいない。

私の時代には稚拙な文字を書く子供が多かった。

私は今でも自分の書いた文字の判読に苦労する。

私の大学の同窓生は医者であるが、彼らの多くは判読の難しい字を書く。

私たちはひらがなを上手に書けない。ひらがなを上手に書けないのは小学生の低学年の教育に問題があったのではないかと思っている。

今の子供たちは小学校へ入学する前には字を書けるようになるそうだ。

私たちの時代には入学前にひらがなが書けるような子供は天才だった。

しかし、私は学校へ入ってからでも文字の書き方を教わった記憶がない。

私が小学校に入ったのは昭和二十年代の初めで、当時は子供が量産されてどこにでもいた。

みんな悪ガキで、放っておくと何をしでかすかわからない存在だった。子供はひたすら取り締まるべき対象であった。

他人の子でも子供は愛すべき存在であると認識されるようになったのは、最近のことである。

保育園はなかったので小学校へ入るまでの子供たちは放し飼い状態であった。

小学校の一年生が集団生活の始まりであった。

一クラスに五十人以上はいたのではないかと思う。

現在の大学生でも放置すると統制不可能になるのだから、野獣のように遊びまわっていたガキどもを机の前に座らせておくのは並大抵のことではなかったに違いない。

私の薄れかけた記憶では、今でいう学級崩壊状態が放置されていた。

廊下を運動場のように走り回ったものだ。

それに子供は農作業の重要な担い手であった。

勉強などは暇な時にするものだった。

少年の世界は弱肉強食でいじめはしょっちゅうあった。勉強などすればたちまちいじめの対象になった。

私の世代がひらがなが上手く書けないのは、その辺りに原因があるのではないかと、近頃思っている。

（2017年）

私の音楽

私の大学の研究室の本棚には『アコギで歌おうヒットミュージック』という本が置いてある。一九六〇年代の楽譜が載っている。部屋の隅にはギターも立てかけてある。ゼミの学生に昔のフォークソングを弾き語りで、無理やり聞かせてやったことがあった。「セイシュン時代がユメなんてー」と美声を張り上げて歌ったのだが、学生たちは未知の生き物に遭遇した時のように物珍しそうに見ていた。耳触りはよくなかったようでアンコールはなかった。それ以来人前でエンソウはしないことにしている。

私が名古屋大学にいた頃、若い事務員が言った。「先生の歌を昨日テレビで歌っているおじさんを見ました」。私はその頃カラオケへ行くと必ず「白いブランコ」を歌っていた。「君は覚えているーかしら」という歌詞を一九六〇年代にビリー・バン

バンが歌っていた。

一九八〇年生まれの女の子にはその歌は私の歌だと思っていたらしい。他のおじさん（ビリー・バンバン）が歌うのを見て「たまげた」のであった。

私は学生の時に軽音楽部に所属していた。

備え付きの楽器はなく各自が自前で買うことになっていた。トランペットやトロンボーンなどは私には高くて買えなかった。

私がギターを弾くことになったのは先輩のエレクトリックギターが置いてあったからであった。

軽音楽部でのギターはリズム担当であった。

リズム感は幼少期に体に馴染むものらしい。私はリズムとはまったく関係がない悠久の自然の中で育った。天竜川の流れはいつも単調で退屈であった。仙丈ヶ岳から日が昇り駒ヶ岳に夕日が沈んだ。

耳に入る音楽は大人が口ずさむ流行歌であった。意味もわからずに真似していた。「異国の丘」という流行歌がはやっていた。「キョウモクレユクイコクノオカヨ」という言葉が「今日も暮れゆく異国の丘よ」という意味であるとわかったのは中学生になってからであった。

軽音楽部には時折名手がいた。後年になって名ドラマーの先輩に久しぶりにお会いした。

「お久しぶりです。先生！」

私は学生時代の音楽について懐旧の念に浸りたかった。それとなく話を進めるのだが、相手は気がついてくれなかった。それで「先生、私は先生と一緒にバンドをやっていたんです」と言うと、「覚えてる」と言って「覚えてる！」と繰り返した。二年間も一緒に演奏していたのだから忘れているはずはなかった。そして付け加えた。

「君は何の楽器をやっていたんだっけ？」

私はかなりがっかりした。

（２０１６年）

早朝の授業

一限の講義に出かけると教室は学生たちで騒然としていた。

学生たちは思い思いに雑談しており、私が入室したのを見ても平然と立ち話をしている者もいた。教壇に立って室内を見回しても騒がしさは収まらなかった。私は怒りがこみ上げてきた。

思わず「静かにしろ！」と大声で怒鳴りつけた。学生たちは一瞬あっけに取られていたが、しぶしぶと所定の座席に座った。大人しく座って私を見つめた。私はその視線を意識しながらおもむろに教卓のパソコンの操作画面に目を移した。

持参のパソコンを繋いで、タッチパネルに触った。教室の緊張感を持続させたまま講義が始まるはずであった。

しかしパソコンは作動しなかった。DVDをデッキに入れてもスクリーンに映像は現れなかった。

学生たちは黙って私を見ていた。私語をする者はいなかった。

「誰かこの機械の動かし方を教えてくれない？」と猫なで声を出してみたが、学生は静かに冷たくこちらを見つめたままで、反応する者はいなかった。「知っているくせに」と私は思ったのだが、学生側にしてみればいつも威張っている教官が困っているのを眺めることほど愉快なことはない。

仕方がないので自分であちこち触ってみたが埒があかなかった。ずいぶんと長い間のような気がしたが、意外と短かったのかもしれない。

私は学生たちから仲間外れにされたような気分になった。

最後の手段で、私は携帯電話を取り出して学生たちの前で教務に電話をした。ガラケイであってスマホではない。恥ずかしながら私はスマホの使い方を知らない。

「CDが動かないんだけど」と電話口で言うと、「教室にはCDはありません」と返事がかえってきた。「何を言ってるんだ、ここにあるじゃないか！」「そこにあるのは

ＤＶＤです」というわけで事務の女子職員が駆けつけてくれた。どこをどう触ったのかわからなかったが、すぐにプロジェクターに画像が出てきた。

学生たちは「ったく。ＤＶＤとＣＤの違いもわからんのかよ」と口には出さなかったが、そういった顔をしていた。

（２０１７年）

電子カルテ

電子カルテに文字を打ち込んでいると、「先生、そんなことを書かないでくださいよ」と横に座っていた患者が言った。

私が大学を卒業した頃にはカルテは手書きでドイツ語であった。ドイツ語を知らなければカルテに記載できないと思っていた。そしてカルテは殴り書きで判読不能の文字が詰まった書類であった。先輩の書いた字が読めるようになるには訓練が必要であった。カルテを患者は見てはいけないものだと思われていたが、患者が盗み見ても理解できるようなものではなかった。

最近は電子カルテの時代になった。私が患者である場合、この頃は患者になって医者に診てもらう機会が多くなってきたが、電子カルテは見てはいけないものと思っている。だから診察室では医者の書くカルテの画面から目をそらしている。

しかし電子カルテしか知らずに育った医学生が存在するように、電子カルテしか知らない患者は多い。そういう新世代の患者は世の中には紙のカルテがあるということすら知らない人がいる。患者がカルテを盗み見てはいけないという法律はないが、「患者はカルテを通常は見ないものだ」という感覚がない人も混じっている。

私の勤務するクリニックの電子カルテの画面は患者から見ようと思えば見える角度の位置にある。

電子カルテに打ち込むときは、なるべく患者には見えないように画面を操作しているつもりなのだが、患者の中には私よりもコンピューターの操作に詳しい人が多い。

近頃の人々はIT習熟度が高い。彼らには画面を見ようとしなくても見えてしまうらしい。瞬時に何が書かれているのかわかってしまう人たちが多い。

カルテには日常会話に使われる日本語で記載するので、誰が見ても理解できる。私はブラインドタッチタイピングができないのでカルテ記載の時には手元を見て打ち込み、画面を見て確かめる作業を繰り返している。その作業の間、患者はじっと横に座り画面を見ていたらしかった。

定年退職して日が浅い六十六歳の男性の患者のカルテに「毎日家にいるようになってから妻に叱られてばかりいる」と書いていた。

それを見て、「先生、そんなことか書かないでくださいよ」と患者が言ったのであった。

（2016年）

万歩計

看護師が突然立ち上がった男を見つめて「何してるの?」と聞いた。男は黙ったままバンドを緩めてズボンの中へ右手を差し込んだ。

四十歳代の看護師はベテランだ。患者の奇妙な行動には慣れていた。しかし、診察していた医者が突然立ち上がってズボンの中に手を突っ込むのを見たのは初めての経験だった。

男はズボンに右手を突っ込んで何やら探していた。看護師の目が丸くなった。まさかヒトマエで、「この人ヘンタイ!?」と思った。男は黒い物を取り出して見せた。そしておもむろに蓋を開くと言った。「五百八十四歩だよ」。パンツの紐に結びつけられていた物体は万歩計であった。

その奇特な行動をとったのは私であった。そうなったのには深い訳がある。

老年医学会が筋力や活動量が低下した状態をフレイルと呼ぶように提唱したが、私はそのフレイルに該当しそうなのだ。疲れやすさの自覚、活動量低下、歩行速度の低下、それに明らかに筋力も低下していると思われる。体重減少以外はすべて今の私に当てはまりそうだと思った。

私は万歩計を買うことにした。この頃の万歩計は進化し続けているようだ。歩数、消費カロリー、歩行距離、目標達成度、メモリーなど。

私はその薬局で一番高い万歩計を買った。「高いほどよいものだ」というのが買い物をする時の私の価値観だ。

高い万歩計は操作が複雑で、肝心の歩数の表示を出すのに毎回苦労した。私は歩数を知りたいだけなのだ。

そこで学習した私は再び薬局へ出かけて一番安い万歩計を買うことにした。安い万歩計は歩数しか表示されないので蓋を開けるだけでいい。

しかし短所は、バネ仕掛けになっていてズボンやバンドに挟んで装着する仕組みに

なっていることだった。しょっちゅう外れるのである。すぐに紛失してしまう。そのたびに薬局へ行かなければならない。

そこで考えたのがパンツへの装着であった。そうすれば外れることはない。よしんば外れたにしても足元に落ちるまでにはズボンの中のどこかで引っかかって気がつくはずだ。

その日、診察の途中で、「我々は患者には『歩け、歩け』と言うが、自分たちはどれくらい歩いているだろうか？」という話題になった。看護師は「私は四千歩」という、私は冒頭のように歩数を確かめたのだ。

確認が終わると私は再び万歩計をパンツに装着して外来を再開したのだった。

（２０１６年）

本と学生

十五年ほど前、私は最初のエッセイ集を出した。本を出せばベストセラーになって印税が入ると思っていた。

しかし本は売れず、印税はまったく入らなかった。私は自分で本を買い多くの人に謹呈したが、人は「もらった本は読まない」ということを知った。食欲がないのに食べ物を目の前に見せられたような気分になるからである。

医学部の学生に私の名前をサインして謹呈したことがあった。

数週間経つと「サインはなかった方がよかったと学生が言っていましたよ」と医局員が教えてくれた。サインがあると中古品として売りにくいというのが原因らしかった。

「でも学生は一生懸命に読んでいましたよ」と、告発者の医局員が教えてくれた。そして「あんな本一生懸命読んでも勉強にならんのにな」とポツリと付け加えた。

その頃はまだ学生たちに本を読む習慣はあったようだ。

しかしこの頃の学生は書物が嫌いである。五木寛之と五木ひろしの区別がつかない学生が多い。講義で熟睡中の学生に「福沢諭吉の著書は?」と聞いたら「坊ちゃん!」と答えた女学生がいた。

私は今までに四冊のエッセイ集を出した。

売れずに山積みになっている私の著書を学生にプレゼントすることがある。本をあげるというと、学生は「うれしい!」と歓声をあげる。そして目の前で私の名前をサインすると「サインがしてあるなんて!」と頬を紅潮させて感激するのが常である。

数日後に「どうだった? おもしろかった?」と読後の感想を強要すると、少しうつむき加減になって、「お母さんが読んでおもしろかったと言っていました」という感想を寄せる。どうやら自分では読まなかったらしい。

自分で読むのは面倒くさいので母親に押し付けたようだ。母親も娘のためにしぶしぶ私のエッセイ集を読んだのだろう。

私は「おばーちゃんにも読んでもらってね」と皮肉をこめて言うと、「わかりました、おばーちゃんにも見せます！」。

この頃の学生は素直である。

（2017年）

奥歯に歯ブラシ

名大病院へ三月に行った。歯の治療を受けるためだった。九時の予約であった。駐車場が混雑することは知っていたので早めに出かけた。しかし、その日はいつもの駐車場とは違う場所に誘導された。駐車場を建て替えるための一時的な処置なのだという。誘導に従って病院の敷地を迂回して行くと、鶴友会館の西の端を回って病院の東の端の奥まった所に駐車スペースがあった。

定期的に大学病院へは通うが、かつて在籍していた医局には十五年以上も顔を出していない。この頃の名大病院は職場ではなくて、患者として通うことが多い。

かつての教授室へ行けば、やりかけの仕事を放り投げて逃げ出したことを思い出しそうなので、足が向かない。

私が大学を卒業して医局へ入局したのは遠い昔の昭和四十年代の半ばであった。

どこの内科の教室にも教授がいなかった。医学部紛争の真っ只中で教授会が機能せず、教授を決めることができなかったのだ。

私が入局したのは第三内科であったが、長い間教授不在であった。

山田弘三教授が辞めた後は教授不在の時代が続いていた。

入局して一年目、私が医局に居る所へ電話がかかってきた。「ヤマダだが」というので「どちらのヤマダさんですか?」と聞いたところ「ヤマダだ!」と怒鳴った。それを隣で聞いていた先輩に伝えると「山田教授だ!」と叱られたことがあった。私は今までの教授がヤマダであったことを忘れていたのだった。

新しい医局員にとって前の教授とはそんなものだ。

今頃になって昔の教授がのこのこと教室へ顔を出せば、何しに来たの?って言われるだけだ。懐かしいね!って言っても、今の人たちにはあんた誰?って顔をされるだけだ。

私はその日、駐車場へ車を止めて病院の歯科へ行った。歯科衛生士に「奥歯の手前

医局

まではよく磨かれているが右上の奥歯だけは歯ブラシが届いていません」と言われた。
かつて在籍していた医局は私にとって奥歯のようなところだ。
（2017年）

卑しい老人

私の現在勤務しているところは女子学生が多数を占める大学である。

教官たちの外見は若々しい。朱に交われば赤くなる。皆スマホをやっている。

だから私も二年前にスマホを買った。

しかしガラケーも手放せない。

ほとんどスマホに触ることはないので進歩しない。必要がなければ進歩はない。

私はなるべくガラケーを使っている現場は目撃されないように努力している。そしてスマホを見せびらかすことにしている。

私は会議ではスマホをいじっている。

日程表をのぞいたり書き込んだりするふりをしているのだ。しかし、実際の日程は紙のノートに書き込んでいてスマホを利用することはできない。

スマホをいじっている時にガラケーに電話がかかってきたりする。

スマホへ電話がかかってくることはない。

誰にも電話番号を教えていないので当たり前だ。自分でもスマホの電話番号がわからない。

スマホを指先でスイスイすると、反応しなかったり、しすぎたりする。

反応しないのは指先が乾燥しているからであるに違いない。私は老人性皮膚乾燥症である。

反応すると行きすぎてしまう。「う」を出したいのにあいうえおと「お」まで行ってしまう。

「痴漢をしていけない」と同じように「スイッチはいい加減に触ってはならない」と人生のどこかで学んでいる。

だからあちこち触ってみて違っていたらやり直すということが苦手だ。「アプリ」というやつは間違えると取り返しがつかなくなりそうで、怖くて手がでない。

中身はガラケーで、外見はスマホの形をした機械ができぬものかと思っている。

「それではただの見栄だけじゃないですか」と、「じゃないですか」を強調して学生に言われた。確かにただの見栄だけだ。

「老年は青年より劣るものではない。老年が青年を演じようとするときにのみ老年は卑しいものとなる」と、ヘルマン・ヘッセは言っている。

私は卑しい老人だ。


（２０１７年）

花どろぼう

庭に出て空を眺めていた。

我が家の向かいは女子大学の付属幼稚園の駐車場である。雑木林が駐車場を囲んでいる。

家は傾斜した地面にあり、保育園と我が家の間には二車線の道路がある。庭からは道路を見下ろすことになる。

道路の向こう側には側溝があり駐車場の金網のフェンスとの間に僅かな隙間がある。私は落ち葉の溜まったその隙間にアネモネの球根を埋めておいた。昨年の秋の終わりであった。

雑木林にタケノコが出るころにアネモネが芽を出した。

細い茎が伸びて柔らかなお手玉のような蕾ができると、その花の色は紫であることがわかった。

数個の球根を埋めたはずだったが、芽を出したのは一つだけであった。

その日は土曜日の昼前で、雑木林の中に混じっている山桜が緑の葉をのぞかせていた。

空気は冷たくて、いつもは騒がしい保育園から物音が漏れてくることはなかった。

道路に人影はなく、アネモネが風もないのに揺れていた。

右側から声がして人影が現れた。

母親が三歳くらいの娘の手を引いてゆっくりと歩んで来た。左手でバッグを抱え右手で娘の手を握っていた。二人が現れると空気が暖かくなった。

二人が春を運んできた。

母親は紺のワンピースを着た眩しいような婦人であった。

幼い子供を連れた女性ほど美しいものはないと私は思っている。小児科医は人生の中で最もきれいな時期の女性に出会うチャンスが多い職業だ。老年科医はその機会に恵まれない。

幼子がアネモネを見つけた。目ざとく見つけたアネモネに向かって右手を伸ばした。私は母親が止めてくれることを期待した。しかし私の切なる期待も空しく、母親は手を放した。

私が「どろぼう！」と叫ぼうと思った時にはアネモネは幼子に摘み取られていた。

そして二人は幸せそうに曲がり角に消えた。

空には白い雲が流れていた。

（2016年）

II　名医になる条件

街の電気屋さん

パソコンが動かなくなって蘇生しなくなった。初期反応はあるが、すぐに点滅しなくなった。思いあぐねて近所にある電気屋の息子の携帯に電話をすると、すぐに駆けつけてくれた。

彼は大胆である。私がおそるおそる触っていたところも簡単に触ってしまう。そして、直してくれた。「どこが悪かったの?」と私が感激して聞くと、「さー」と言って説明できなかった。

電気屋さんは何でもできる。インターネットの不具合からテレビの故障、クーラーの修理やトイレの水回りの取り替えだってできる。医者でいえば「かかりつけ医」だ。しかし医者とは根本的にどこかが違うとずっと思っていたが、先日常備燈の修理をし

てもらっている時に気がついた。

電線をいとも簡単に切断した。機械の中身を取り出して強引に引き出して切り捨てた。「よくそんな乱暴なことができるね」と言うと、「だめなら新品にすればよいですから」と答えた。そこが外科医と違うところだ。難しい作業は店に持ち帰って直してくる。

それに修理の前に説明しない。医者の場合、手術の手順を懇切丁寧に説明して、それによって引き起こされる思わぬ副作用や事故も明らかにする義務があり、患者の同意を取らなければならない。この仕組みをインフォームドコンセントという。電気屋さんはこの面倒な作業を省いてしまう。治らなければ「治りません。新品にした方がいいですよ」と言うだけだ。

テレビの受像機が時折消えてしまうので、またお兄ちゃんに来てもらって買い替えの相談をした。しかし「そろそろ寿命ですが、寿命が尽きるまでもう少し時間があると思いますので、それまで待ちましょう」と言った。

その辺りの感じは医者に似ていなくもない。


（2016年）

揺らぐ

クリニックの傍らにある空き地にコスモスが咲いている。秋の風に吹かれて微かに震えている。大きな風が吹くとゆらりと揺れる。

私は、高血圧の疑いのある人には家庭で血圧を測ることを勧めている。医者が患者の血圧を測ると平常の血圧よりも高くなる可能性があるからである。診察室に入り医師や看護師を目の前にすると緊張し、血圧が上昇することがある。白衣を見ただけで血圧が上がる人もいる。そういう人の高血圧を白衣高血圧という。現在では家庭用の血圧計が安い値で販売されているので、家庭で血圧を測定してその結果をクリニックへ持参してもらうことにしている。

山本さんは薬局で血圧計を購入して家で測ってみた。マンシェットを腕に巻いて空気を送り込んだ。血圧計のデジタルで表示される数値は次第に上昇していく。マンシェットの収縮に腕の筋肉が耐えられなくなると、空気を送る握りを止めた。上りつめた血圧計の数値は次第に下がっていく。下がり終わると、収縮期血圧と拡張期血圧が画面に表示される。

上が170であった。納得がいかなかったのでもう一度測りなおしてみた。166と出た。医者から見れば大きな差異ではないが、技術者であった山本さんにとって170と166は大差である。もう一度測ればもっと少なくなるのではないかと思い、三回目を試みた。174と出たので頭に血が上った。血圧計が狂っていると感じた。安い血圧計は安いだけのことがあると思った。

人の血圧は自律神経系により調節されている。

自律神経系には交感神経と副交感神経がある。緊張すると交感神経系が優位になる。自律神経は無意識の元で動いているので緊張して血圧を測ると高く出る。

山本さんはクリニックへきて「血圧計がおかしい」と言ったが、私は「血圧計は間違っていません」と答えた。多くの場合血圧計は欠陥品ではない。表示された値が測定者の希望にそぐわないだけである。

山本さんは「それでは先生！　どれが本当の私の血圧でしょうか？」と聞いた。私は「どれも本当です」と答えた。

交感神経系と副交感神経系は微妙なバランスを保ちながら全身を保持している。だからいつでも血圧は上がったり下がったりしている。

朝は気分が悪く昼には少しよくなって夕方また気分が悪くなったけど、「どれが本当の私でしょうか？」と聞く人はいない。心が揺らぐのは生きている証である。どれも本当の自分である。

体温も血圧と同じようにいつでも変動している。ヒトは体も心もゆらゆらしながら生きている。

コスモスのように。

（２０１５年）

名医になる条件

知人を介して私を知ったという人から、「孫が大学の医学部へ入学したいと言っていますが、どうしたらよろしいでしょうか？」という奇妙な手紙をもらった。私は「勉強した方がよいでしょう」と返信した。

国立大学に入るのは試験を通過するしかなく、それには勉強するしかない。簡単に受かる方法があれば私の方が教えてほしい。

私も試験は苦手であったが、卒業後は大学教官として学生たちに試験を課す方に回った。

近頃の学生たちは試験のためにだけ勉強している。

ざわついている学生たちを黙らせようと、「この個所は試験に出るよ」というと静かになる。

私の学生の頃は医学部の講義で出席をとるなどという学生の尊厳を傷つけるようなことはしなかった。今から二十年ほど前から講義で出席をとることが義務となった。出席する学生が極端に少なくなっていたからであった。冬の一時間目の講義には医学部学生百人のうち五人しか出席してないという状態が長く続いていた。学生の出席が少なくなると教官もやる気を失くして、講義はつまらなくなる、という悪循環を繰り返していた。

私は医学部教育委員長を務めていた。教育委員会で出席をとることに学生は猛烈に反対した。「どうしてつまらない講義へ出席しなければならないのか」と学生たちは言った。私はその代わりに講義の評価を学生にさせることで納得させようとした。そうすると教官が反対した。「西も東もわかっていない学生に俺たちが評価されるのは納得しがたい」と教官は言った。双方の対立は解けなかったが、教授会で「学生の出席をとり、学生が教官を評価する」と決めた。

出席をとって講義を終えると一人の学生が来た。「先生、友達に頼まれていた代返を忘れてしまっていたので、彼を出席したことにしてください」「わかった、それは誰だ」と私は答えた。出席を取り始めた頃はその程度にいい加減であった。

学生たちは講義には出席するようにはなったが、相変わらず勉強をしない学生もいた。

勉強をしなかった学生の中に医者になると名医になる者がいる。名医と藪《やぶ》医者の分かれ目は学生時代にあるのではなく、卒業後の鍛錬にあるようだ。

医学生は膨大な医学情報を詰め込まれる。すべての情報を取り込むのは不可能である。だから試験対策が上手で、ポイントで覚えるのを得意とする学生の成績がいい。しかし成績はよくても全体像を把握できていない者もいる。そしてトラブルに遭遇すると逃げてしまうこともある。

医者で一流になるためには、知識を応用する能力が必要となる。そして筆舌に尽くしがたい大きなトラブルに遭遇してそれらを乗り越えた者が名医になる。

（2015年）

医学部志願者へ

ホテルの駐車場で見覚えのある人の顔が目に入った。辺りを見回してホテルへの入口を探して迷っているようだった。

医学部教授の退官祝いがあった。久しぶりに旧くからの知人たちに会う機会であった。退任教授に関係がある人脈が縦の関係と横の関係で集まっていた。横の関係は今の時点で退官教授を取り巻く人々で、学生から現役の教授たちである。縦の関係は過去に関係のあった人々で、私はその一人だ。駐車場でうろうろしていたのは大先輩にあたる名誉教授であった。

大学医学部教授の退官記念パーティにはさまざまな人々が一堂に会する壮大な群集劇である。

地域で開業して苦闘している医者がおれば、大学で医学を研究している研究者もいる。

学生たちにとって未来の自分たちの姿の投影像が並ぶ。

最近医学部を希望する高校生が増えているそうだ。しかし私がそうであったように多くの高校生は医学部進学後にどのような人生が待ち受けているか知らない人が多いのではないかと思う。ここでは医学部へ進学後にどのような人生を辿るか簡単に説明してみよう。

医学部学生は基礎から臨床まで膨大な知識を詰め込まれる。その中から自分の進むべき道を選択するのである。何回かの転機が訪れる。

最初に決めなければならないことは研究者になるか臨床医になるかである。

基礎医学へ進めば患者を診ることはない。日常生活でお医者さんという呼び方をされることはないが、大きな夢がある。病気の原因を発見したり治療法を開発すると多くの人に貢献することになる。

新しいことを発見することほど心躍ることはない。研究への魅力は恋心のようなものだ。しかし最近基礎医学へ進む医学部学生は減少の一途を辿っている。
基礎医学と違って臨床医を志す者は専門分野を決めることになる。
内科系か外科系か、選択した分野によって人生は大きく異なる。
研修を終えると勤務医になるのだが、次の課題は開業するか、勤務医を続けるかである。

私の育った田舎では医者は開業医しかいなかった。だから田舎を旅立つときには周りからいずれ帰ってきて開業するんだと思われていた。私の夢も田舎で開業することであったが、さまざまな理由で叶わなかった。

医学部に入るには高い偏差値が要求されるようだ。

医者は人の命を扱う職業であり、人が死ぬ現場に居合わせることになる。筆舌に尽くしがたい経験を乗り越えなければ一人前の医者にはなれない。

体力が必要である。何よりも優しい心が要求される。そしていくら年を重ねても人生に迷うのは他の職業と変わりはない。

（2016年）

告白

Sさんは七十四歳の女性である。診察室のドアをそっと開けて入って来て、私の顔を見て思わず引き返そうとした。

私の顔を見て一瞬たじろいだのだった。普段の私の顔は神経質そうに見えて怖いらしい。

それでも彼女は勇気を出して椅子に座った。お尻の半分は椅子からはみ出ていて、いつでも逃げ出せるように半身に構えていた。

「変わりはない?」と聞きながら私はカルテを見て思い出す。そうだこの人は毎回同じことを言って同じ約束をして帰っていく人だった。

この前もお薬が足りなかったと言っていた。

私は顔が緩んできた。あーなんだ、あんたかよ。

「薬を飲まなかったんです」「どうして？」「どういうわけか薬を失くしてしまって、数が足りなかったんです」。また前回と同じだ。

彼女は糖尿病の患者である。HbA1cが高いので毎回「間食をやめるように、毎日七千歩は歩くように」と私に言われていた。

今日もいつものように約束は守れなかったらしい。だから入ってくるなり私の無愛想な顔を見て帰りたくなったのだった。

彼女は診察室に入る前から自分でわかっていた。だってあんなに暴飲暴食していたんだもの。案の定HbA1cは上がっていたし、体重も増えていた。

私に叱られるのが怖いので「薬を失くした」と嘘をついてしまうのだ。

「この前も同じこと言ってたじゃない」と穏やかな、優しい顔をつくって言うと、彼女は開き直った。椅子にお尻をしっかりと乗せなおして、「自分への御褒美がなければ生きててもしょうがないでしょ！　センセイ！」

まーしょうがねーか、アト生きても十五年か、と私は思った。そして「それもそうだね」と相づちを打った。

しかしこのままではいけない。少しおどかしておこう。「インスリンにするしかないな」と真面目な顔をすると、「センセ！　もう一回待ってください。今度こそは頑張って間食は止めてきます」とまたハカナイ約束をした。

そして「お薬はナクサナイようにね」というと、「大丈夫です。お薬は一杯あります」と白状して出て行った。

（２０１７年）

悲しい色

私は食道がんの再発に対する化学療法を受けた。がんの化学療法は患者に苦痛を強いる治療である。薬剤による耐え難い全身倦怠感に襲われた。食欲不振も深刻で、食べ物を見るのも嫌になった。私はベッド上で寝たきり状態になった。

それに脳の神経伝達物質の展開に不調が生じたらしく、さまざまな精神症状に見舞われた。

私は「こころ」がつくれない状態になっていた。

最初の治療を終えて家に帰ったのは、居間から見える森の木々が新緑を終えた頃だった。

居間に置いてあったテレビの画像が瞬間的に消えることが多くなっていた。電気店の息子に来てもらうと、「寿命ですね。しかしまだ持つと思いますので買い替えるのはまったく見えなくなった時でいいですよ」と言って帰った。しかし私は寿命が尽きそうなテレビと最後までお付き合いするのは避けたかったので、新しいテレビを買った。新品のテレビは画像が鮮明ではあったが、前のテレビに比べると色調が変わっていた。夕暮れに家に帰れない子供たちが見る景色のような色であった。妻が「悲しい色」と言った。

私はその日から二週間後に再び化学療法の入院を予定していた。私の入院している間、妻に悲しい色のテレビとお付き合いさせることはできないと思った。

再び電気店の息子を呼んで映像の再調整を頼んだ。彼はさまざまに工夫して色の調整をしたが、悲しい色の色調を変えることはできなかった。

結局私はその悲しい色のテレビと妻を残して入院した。

入院の途中で一時帰宅の許可をえて家に帰った。

私は自分で「悲しい色」の映像を「普通のテレビ」と同じ色にしようと試みた。テレビの左端に映像調整欄があり、そこをクリックすると、色の濃さ、色合い、鋭利さなどの項目が画面上に十項目ぐらい出てきた。それぞれに〇～一〇〇％のランクがあった。その組み合わせは無限であり、色の調整はキャンバスに油絵を描くように難しかった。「悲しい色」とか「楽しい色」といった項目はなかった。

私はさまざまな組み合わせを試みたが「悲しい色」を変えることはできなかった。途方に暮れて左端のメニュー欄の底までクリックをしていくと、最下層に「標準に戻す」という項目があった。画面の奥深くに隠れていた。注意書きに「出荷時の標準に戻ります」とあった。クリックすると「悲しい色」は「安心の色」に変わった。

そして一時帰宅から病院に戻った。化学療法が効いて私は食道がんの再発から生還した。

退院の朝、病室で早朝に目覚めた。窓から見える海の辺りに線形の雲が見え始めた。隣接する公園は紅葉が始まっていた。自然は優しい色に満ちていた。

私は再び「こころ」をつくることができるようになった。

（２０１５年）

車でお散歩

私の尊敬している精神科の医師は「ご気分はいかがですか?」と挨拶をすると、必ずつまらなそうな顔をして「絶不調です!」という。その顔をみると私は幸福な気分になる。

人は自分よりも不幸せな人の顔をみると安心するものだ。鬱状態の時に幸せそうな人に出会うことほど不幸なことはない。

私は国立大学を定年退職してからドライブを楽しむようになった。新たな勤務地である私立の大学への通勤で寄り道をして回る。見知らぬ土地を散策して回るのは楽しいことである。歩くのはしんどいが車で回れば気楽に探索できる。

この頃の車はカーナビを備えているので道に迷う心配はない。

家へ帰る
大学へ行く！
遍路回りに行く

興味の赴くままに知らない道に迷い込んでも「家に帰る」とカーナビに向かって怒鳴れば家に帰ることができる。だから安心して道に迷える。

私の友人は病院長であるが鬱状態になりやすい性格をしている。彼は私に出会うと自分がいかに「落ち込んでいるか」について詳細に説明する。経営のこと、人間関係のことなど、やるかたない不満に溢れている。

私も鬱状態に陥ることが多いが彼の話を聞くと私の方がまだましだと思える。そして気分が安らぐのだ。だから私は鬱状態の彼に会うのが嫌いではない。

「病院の人事に生き詰まり気分が塞ぎ、どうにもならなくなった」彼は、四国のお遍路回りを計画した。四国のお遍路を回れば、煩悩が消えて新しい人生を出発できるのではないかと言った。私は彼が幸せになってしまうのかと焦った。

二人で名ばかりの送別会を催して乾杯をして別れた。

数週間後に彼は帰還した。ゴルフバッグを持って四国を回ってきたそうだ。車で回り、時折ゴルフをしていたそうだった。

帰還した時は以前にもまして鬱状態が激しかった。車でのお散歩は体にも精神にもよくはなさそうだ。

（２０１６年）

鉢植えの花

Yさんがベランダに出て遠くに霞んでいる山脈の辺りを眺めていると、にわかに猛烈な雨が降ってきた。

ここでは山が見えない。田舎では山はいつもそこにあるものだった。青い空と白い雲のように。

夕立がくると庭に置き去りにされていた農機具や洗濯物を家の中に取り込まなければならなかった。都会のマンションのベランダではそうした慌ただしさとは無縁である。

名古屋に来てからは汗が出なくなった。信州にいた頃は玉のような汗が体中から吹き出たものだった。

糖尿病を患っているので、汗が出ないのは自律神経障害があるからだろうと医者は言うが、そうばかりとも言えないと思っている。名古屋の暑さと信州の暑さは何かが違う。今は朝から晩まで皮膚の下に潜んでいる不愉快な物質に全身が覆われているような気がしている。

彼女は八十三歳である。子供は娘が一人。名古屋へ嫁いで、名古屋で生活をしている。

五年前に「まだ元気なうちに」と娘の言われるままに出てきた。娘夫婦のマンションの隣にマンションを買って住むようになった。

夕立の豪雨はひとしきり経つと嘘のように過ぎ去った。街路には水が溢れ出ているがベランダの鉢植えは水気がないままだ。

鉢植えの花はどこにも根を伸ばせない。

娘も、娘の家族も優しい。かかりつけ医の医者も、救急医療体制も整っている。近くには文化施設もありプールもある。そして病院や老人のための施設にも恵まれている。

彼女は月に一度私の外来に来る。

いつも饒舌である。「まー、先生のおかげで私は生かされているようなものです。先生のお傍に引っ越してこられて私は何て幸せでしょう！　私は皆さんのおかげで生きています」

しかし、私には、微かにのぞく彼女の寂しげな表情から「鉢植えはいやだ。田舎に帰りたい」と思っているのがよくわかるのである。

（２０１６年）

金曜日の午後

アメリカで生活していた頃は金曜日の午後になると明日からの連休に向けて浮き浮きした気分になった。職場の同僚たちは朝からのんびり過ごし、夕方になる前に早々と帰宅するのが常であった。金曜日の午後は連休の始まりであった。

帰国してから私は金曜日の午前に桑名の病院で外来診療をすることになった。国立大学の病院長時代を除いてその病院での週に一回の診療をやめたことはなかった。大学では一週間のうち一日だけは外の病院でのアルバイトが許されていた。

金曜日の午前中の外来が終わると、大学へ戻って夜まで仕事に追われる生活をするようになった。金曜日の午後は日本人にとっては仕事をする時間である。

七十歳を過ぎると大学での管理職から解放された。大学内での会議への出席が義務ではなくなった。週一回の講義とクリニックでの診療だけが私に課せられた業務である。

その日は年内の講義の準備もできていた。締め切りの迫った原稿はなかった。十二月中旬の金曜日の午後であった。何もする予定のない自由な時間を手に入れた。豊饒な時の予感がした。

桑名の病院からそのまま自宅へ直行しても不都合は生じないが、いつもの癖で大学へ向かった。

名古屋市内に入り大学近くのデパートの駐車場に車を止めた。デパートは師走の客で賑わっていた。毎年見慣れた年末の風景であった。

一階のフロアーに喫茶店があった。この頃では喫茶店のことをカフェと呼ぶらしい。私はそこへ入って「自由」を「のんびり」と満喫しようと思った。

ケーキとコーヒーをカウンターで受け取り、席を探した。周囲を見渡すと思いのほか多くの人がいた。ほぼ満席であった。しかし、デパートの買い物客が行き交う傍らでそのカフェの中だけは静かであった。

大学の構内で寄り集まっている学生たちの群れと違ってざわざわした感じはなかった。

客は老年期にさしかかった女性ばかりであった。

多くは二人連れであったが一人の客も多かった。男性は私だけであった。室内では適当な席が見当たらなかったので、カフェの外に置かれていた席に座った。デパートの売り場に繋がる傍らの通路を主婦たちがせわしなく通りすぎていた。

カフェの客はお茶を前において所在なさそうにケーキを食べていた。

老人の客の中で若い女子店員の紺の仕事着の白い縁取りが新鮮であった。

二人連れが口論を始めた。同じことを繰り返して言い争っていた。

私の描いていた老人の集いとは異なっていた。

カフェに集う人たちは退屈そうであった。彼らは近代文明が生み出した「老人」という不自由に囲われているように見えた。

（2016年）

井形先生をしのぶ

私の勤務している大学は名古屋市の郊外にある。瀬戸市から大府市に向かう瀬戸街道が通勤道路である。道路に面して北から愛知学院大学があり、その隣に外国語大学があり、並んで学芸大学がある。

今日も帰りに学芸大学の横を通った。

夏休みであり大学構内には学生の姿はなかった。

あの建物のどこかに井形先生はいた。

私が老年科の教授になったのは一九九四年であった。同じ年に大府の中部病院へ井形先生が病院長になってこられた。鹿児島大学の学長から移ってきた。長寿医療研究所の基礎固めを託されての赴任であった。

それまで私は直接お話することはなかったが、世間の噂では大物であった。私は教授になった年に愛知県から「寝たきり0作戦」のシンポジウムのコーディネーターをやれと言われていた。

私は老年医学とは無縁のポジションから突然老年医学の教授になったばかりであった。戸惑ったが断わることはできなかった。

座長は井形先生だと聞かされた。先生は畏怖すべき怖い存在であった。その先生の前で私が老年医学にいかに無知であるかを晒さなければならないことになった。一夜漬けでは無知を覆い隠せるものではなかった。

雪の日の朝、会場の楽屋で、初対面の先生に告白した。「私は寝たきりについて何も知りません」。先生はにっこりして「私も何も知りません」と言った。

私はそれまでに出会ったことのない懐の深い人がこの世の中には存在することを確信した。

先生と私はそれから共に老年医学を学んだ。

世界の老年医学を見て回った。イギリス、デンマーク、スウェーデン、オランダそしてドイツへ行った。

先生は行く先々へお土産を持っていった。ドイツの研究所で最初に会った人は立派な風格の持ち主であった。井形先生はそこの所長だと早合点して持参した土産をプレゼントした。その人が改めてそこの所長を連れて出てきたときは驚いた。その人は守衛であったのだ。あとの祭りで「差し上げたお土産を返してくれ」とも言えずに困っていたことを思い出す。

ニューヨークのエンパイアステートビルディングでは長い行列ができていた。先生は行列についてこなかった。お疲れであったのだ。立ったまま寝てしまっていたのだった。

先生は介護保険制度の設立に力を及ぼした。私は先生に頼んで老年医学会の専門医であれば無条件にケアマネージャーになれるように頼んだ。無理なお願いであったが、先生は当時の厚生省のえらい人と談判する機会をつくってくれた。結果的には聞き入れてもらえることはなかったが、その時のえらい人の言った言葉を今でも覚えている。「老年医学を最もやっていない所が大学の老年医学教室ですよ」。その当時の厚生省の大学老年科講座への印象はその程度であった。それがまた当たっていた。

あの頃に比べると老年医学は格段の進歩を遂げた。そして大学の老年医学の講座は大きな変革を遂げた。

井形先生は日本の老年医学の進歩に確実な貢献を果たした。

介護保険制度の設立に尽力した先生は、制度の恩恵を受けることなく救急車の中で亡くなったという。

私の大学からの帰路は瀬戸街道から一号線に出て名鉄の前後《ぜんご》駅の隣を通る。駅の隣に井形先生の住んでいたマンションがある。近くにはスーパーがある。先生は奥さんを亡くされてから長い間一人で生活をしていた。「井形さんはいつも品物が安くなってから買い物に来るねってスーパーの店員に言われるけどね、私は夕方にしか買い物できないんだよ」と先生は私に言っていたことがあった。

私はそこを通る時いつも先生の日常生活のことを思っていた。

（2016年）

実らぬ科学

食欲を巡る研究は医学生理学の研究分野では古くから研究されている。

人間の食欲に関するメカニズムについて二つの事例を紹介しよう。

多くの人が真実であると思っている説に「食欲は血糖値により左右される」というのがある。食物を食べると血糖値が高くなるので食欲がなくなり、絶食時間が長くなると血糖値が少なくなるので食欲が出るとする説である。誰でも納得しそうな話であるのでこの説を信じている人は多い。一九六〇年代に脳の特定の神経細胞に糖に感受性を持つ細胞があることが発見されたことも、この説を裏づけるかに思えた。しかし現在の科学者たちは誰もこの説を信じていない。

その理由はストレスが続くと誰でも確実に血糖が高くなるが、この説が正しければストレスに遭遇すると食欲はなくなるはずである。しかしストレスにより食欲が増える人が多い。更に糖尿病の人は血糖が高いが食欲は旺盛である。

もう一つは一九六〇年代に報告され世界中の注目を集めた研究である。

ネズミの脳の深い部分に存在する視床下部の一部に電流を流して破壊すると、そのネズミの食欲は抑制がきかなくなり、満腹感を感じなくなることが発見された。そのネズミは際限なく食べるようになり、肥満になる。

逆に視床下部外側核という個所を破壊すると空腹感がなくなってネズミは食物を食べなくなり、やせ細ってゆく。

破壊すると食欲が増す脳の部分を満腹中枢と呼び、食欲がなくなる部位は絶食中枢と呼ばれた。食欲はこの二つの部位により調節されているとする学説である。

魅力に富んだ学説であったが実験の再現性に問題があり、今やその中枢の存在を信じる科学者はいなくなった。

私は三カ月前まで医学欧文誌の編集長をやっていた。毎年世界中から五百編を超える論文が投稿されてきた。そのうちの七割の論文は掲載が拒否になったが、掲載され

reject

た中でも役に立つ論文はほとんどなかったと思われる。

人類は「実らぬ科学」のために莫大な金をかけて膨大な無駄な研究を積み重ねているかにみえる。

（2015年）

III　会議の法則

昔の病院長

十年以上も前、私が国立大学の病院長をやっていた頃のことであった。病室へ通じるエレベーターに若い二人の看護師と私だけが乗っていた。看護師たちは病院のやり方に不満があったようで不平を述べあっていた。そして「病院長の顔が見たいわ」と言った。私は彼らの目の前で顔を見せていたが、彼女たちは私が病院長であることを知らなかった。

院内に売店があった。病院の職員には何割か値引きをしてくれる特権があった。私が白衣を着けずに買い物をすると、レジの女の子に必ず聞かれた「お客さんは病院の職員ですか?」

多くの職員は病院長が誰か知らなかった。他の組織では考えられないことであったが、どこの国立病院でも同じような状況であったであろうと思われる。

今のようにインターネットは発達していなかった。また、職員一同が集まって朝礼をする習慣はなかった。病院長の役割が小さかったことも一因だろう。

病院の収入や支出に病院長が関わることはなかった。そのようなことは医者のやることではなく、事務の仕事であると思われていた。

病院長職は教授職と兼任であった。本来の教授職を務めながら病院長職をやっていた。

学生の教育をやりながら患者も診ていた。忙しい合間に院長としての用事がある時だけ病院長室へ出かけるのだった。

その頃の大学病院の医者は蛸壺のような医局制度の中に居て、看護職や事務職との連携は希薄であった。それに多くの職員は病院の将来に関心がなかった。

病院長になって二週間過ぎた頃に三十年前に病院長をやっていた老先生が病院長室を訪ねてきた。院長室を見渡して「三十年前とまったく変わっていないね」と言った。

カーテンも絨毯も三十年前の物だった。医局制度も医者の意識も院長室と同じように三十年間もの間、何も変わっていなかった。

しかし大学は法人化された。私は法人化された最初の病院長になった。病院長は専任となり、病院長の責任で病院の収支を改善することが求められた。大学病院といえども独立採算制が導入され、赤字は許されなくなった。明治時代から延々と続いてきた学問至上主義の大学病院は大変革することを迫られた。

私は病院長室に出勤して朝から晩まで院長室に在室した。病院に不祥事が起こると直接テレビに出て頭を下げることも病院長の役割になった。その映像を職員が見て、私が病院長であることが周知されることとなった。

（2015年）

昔の教授会

私は長い間名古屋大学にいた。学生時代を含めると、四十年間も名大医学部にいたことになる。

私は十四年間医学部教授会に出席していた。

教授会はいつも長かった。多くの教授が寝ていた。

そのころに精神科の教授であったO先生が「昼寝の功罪?」というような厚生省の研究班の班長をやっていた。「十五分程度の昼寝は健康によいが、長すぎる昼寝は健康によくない」というような結論を出したと記憶している。

同じ頃に私は医学部長選考委員会で医学部長の候補になった。私は教授会での立候補演説で「昼間眠る人は長生きをしない、ということがわかってきました。教授会は長くなると皆寝てしまいます。だから私は皆さんが長生きさせるために教授会を短くします」と演説して落選した。

その頃の教授会ではほとんどの教授が煙草を吸っていた。机には灰皿が並べてあった。各教授の席の前に灰皿を置くのが事務の役割であった。教授会は白煙の中でおこなわれた。

全国的に禁煙運動が盛り上がってくると、次第に禁煙者が増えていった。灰皿は消えて室外でしか喫煙ができなくなっていった。吸っているのは衛生学の教授と予防医学の教授と老年医学の教授であった私など数人だった。喫煙者の肩身が狭くなっていく中で、三人は会議室を出て肩を寄せ合って吸っていた。

衛生学の教授は「精神衛生のために吸っている」と言っていた。予防医学の教授は「人生の途中まで煙草を吸っていた人が途中で禁煙にすると、早く死ぬ」という持論を展開していた。私は「ニコチンはアルツハイマーの予防に効く」と言って吸っていた。事実アルツハイマー病の人で煙草を吸う人は少ないという結果も報告されていた。

しかしその後「煙草を吸う人はアルツハイマー病になるまで生きていない」という結

果が判明した。

教授会の会場から灰皿は消えたが、教授会は相変わらず長かった。

A教授は教授会短縮運動に熱心であった。彼は提案した。「長く椅子に座っていると腰が痛くなるので教授会を短くするか、椅子を変えてほしい」と言った。次の会議からA教授の椅子だけが立派な椅子に変わって、教授会短縮運動は失敗に終わった。

（2015年）

会議の法則

東京のホテルで会議があった。

早く着きすぎたので、近くをうろついていた。同じ会議へ出席する人でやはり早く着いた人にばったり出会った。その人は九州から来た人だった。会議では遠方の人ほど早く会場に着く。遅れるのは近くの人だ。

年をとると会議に出席することが多くなる。会議には法則がある。

①うなずく人ほどわかっていない。

どんな議題でもいつでもうなずく人がいる。一見愛想がよくて司会者は気分がいい。しかし司会者が発言を促そうとすると目を伏せる。他のことを考えている。

HOTEL
○○会議会場

②会議の時間を長引かせるのは例外ばかりに目がいく人である。些細な例外を見つけ出すのが得意で無意味な時間を消費させる。重要でないことには意見を出すが本質的な意見は出さない。例外に気がつくことは優秀な頭脳の証であるという思い違いによる。

③質問をしたがる人は答えを聞いていない。質問することに意義を見出している。「私はこんなにも知識があるよ」と知らせてしまえばそれで終わり。答えを聞いていない。

④発言の内容が会議の雰囲気にそぐわなかった人は発言を繰り返す。いつまでも発言がどのような印象を与えたかが気になる。発言を繰り返すたびに印象が悪くなることに気がつくと、仲間外れを隠すために隣の人に話かける。

⑤会議の中で誰かに侮辱されたと思うといつまでも忘れない。出席者の記憶は誰でも同じように貯蔵されていると勘違いするからである。

⑥若い頃は内職をしようとして会議に臨む。年をとると居眠りをしようと会議に臨む。

会議で居眠りをする人は会議の出席者の人数に影響されない。
⑦年寄りの仕事は会議だけになる。
次第に実務から遠ざかるので空論になりやすい。
⑧名司会者は議論が白熱した時に半拍休ませる人である。
⑨司会者は会議の時間が短すぎることを気にしてはならない。
たいていの会議はなくても済むのである。

（2016年）

金持ちの患者

三月に入ると大学は春休みである。学生のいない大学は患者のいない病院のようなものだ。

教官の中には長期休暇を利用して外国へ出かけている者もいる。大学に人影はなく静かで暗い。

構内の西の片隅だけが少しだけ賑やかで雑駁さを漂わせている場所がある。

周辺住民が集まってくるクリニックである。

私はクリニックでの外来診療があるので休むことはできない。

その日の外来に八十五歳のSさんがきた。社長であった現役の時に十分にお金を貯めたらしい。今はクルーズに参加して世界中を回るのがお仕事である。

船から下りると私の診察室へ顔を出す。

「先生は歩けっていいますけどね。船から下りて一日五千歩は歩けんですよ」と言った。

糖尿病で軽い心不全がある。船に乗っているときは揺れに任せて歩くのだそうだ。船を下りた地上では歩かなくなるので足が浮腫むという。

私は「金がなくなったらどうするのだろう」と心配になるのだが、そのような機会は彼には永遠に訪れそうもない。

その彼に深刻な事態が襲いかかったことがあった。昨年の夏に歩行障害が出現したのだ。整形外科の専門病院で脊柱管狭窄症と診断された。

手術が必要であるが、年齢と体力を考慮すると手術ができないと言われた。日本で手術ができないのならアメリカで手術を受けようと思った。費用は四千万円。渡米しようとした矢先に病院の看護師が言った。「手術しなくてよかったね。手術して寝たきりになった人が多いんですよ」。彼はその話を聞くと、なぜかすっきりと歩けるようになったそうだ。今では杖を横に抱えて診察室に入ってくる。

来月はヨーロッパへのクルーズで横浜港から出港するそうだ。

診察が終わると、「先生、週に何回外来やってるの?」と私に聞いた。「二回」と答えると、「それじゃ暇でしょうがないわな」と言った。

私は暇でも外国へ行けない。

診察室を出がけにSさんの携帯が鳴った。「証券会社なんだよ。うるさくてしょうがないわ」と言いながら診察室を出て行った。


（2017年）

「老人は寝かせるな」

七十八歳男性の妻の話‥

夫はまだ現役で働いている。「お弁当持って毎日出かけるけどね、以前は会社で何かあったらどうしようって心配していた。でも最近は会社に居てくれたら何かあったら誰かが傍にいてくれるから安心って思うようになったの」

いよいよ超高齢社会がやってきた。日本人の妻は夫の介護が心配である。

六十八歳女性‥

「この頃歩けていないの。朝歩くために道に出ると、大勢の人が歩いているの。四時でも、もうジョギングしている人がいる。六時頃になると人が増え始めて七時になると一杯。すれ違うたびに挨拶しなきゃならないの。面倒だからだんだん早くなって、朝三時になっちゃった。でも三時はまだ暗いもんね。怖くて歩けないの」

運動は介護予防に一番効果があることを皆が知るようになってきた。

八十三歳：男性

「娘から電話がかかってくるんだわ。今日は歩くの少なかったわねとか、寝てばかりいちゃだめよって、全部わかっちゃうんだわ。この腕時計に仕掛けられていてね、そのデータが娘のパソコンに繫がっているんだわ」

どうやら娘にプレゼントされた腕時計タイプのスマホに万歩計が仕掛けられているらしい。いつも娘に監視されているという。それなら腕から外しておけばよさそうなものだが「余計に怒られる」そうだ。

娘はキャリアウーマンである。親の介護が必要になるのを恐れている。娘にとっては親の介護ほど怖いものはない。そして「老人は寝かせるな」が寝たきり予防の第一であることを知っている。だからそうやっていつも父親を監視している。父親はいつ

も動いていなければならない。

この頃では老後をのんびり過ごすことは難しい。老人は尻から火がついたように用事もないのに動き回らなければならない運命だ。

（2016年）

「あら！　先生いたの？」

クリニックの午前中の診療を終えて近くの豚カツ屋へ事務長と一緒にランチを食べに行った。私が奥の席に座り事務長が前の席に座っていた。そこへ先ほどクリニックで診たばかりのYさんが入ってきた。Yさんは私の外来に今までに三回通ってきていた六十歳代の女性である。同じ年頃の夫婦を伴って現れた。彼女は私と向き合う席に座り、連れの夫婦は背中を見せて座った。

私は気づいたが黙っていた。医者と患者が食べ物を間に挟んで対面するのは、きまずい思いをするものだ。だから私は最後まで知らないふりをして過ごすことにした。

Yさんは私が前の席にいることに気がつかなかった。ウエイトレスが来て三人はメニューからそれぞれの注文をした。

Yさんが二人に向かって話を始めた。

「木曜日にやってるんだわ」と言った。私は何やら不吉な予感がした。私は木曜日に朝から晩までクリニックで患者を診ている。

「授業もやってるらしいよ」。私は大学で授業をやっている。

背を見せている二人はYさんの説明を聞きながらうなずいていた。

「前は名古屋大学にいたんだわ」と言うのを聞くと、私のことを話題にしていることが確実だと思った。

私は事務長を盾にして顔を隠していたが、彼らの話は聞こえてきた。何しろ真ん前だ。

Yさんが私の悪口を言い始めるのではないか不安になった。悪口をあからさまに聞いてしまうと、双方の関係に取り返しがつかなくなる。

Yさんが「今は淑徳大学で大学院だけを講義してるんだわ」と言った。

私はこの頃大学院では講義はしていない。「嘘だ!」と言い出したかったが黙っていた。「私があなたの目の前にいる」ことを知らせなければいけないと思い始めた。

私は焦った。

事務長の肩越しに身を乗り出して私の存在に気がついてくれるように試みた。彼女はちらっと見たが、私だとは認識しなかった。

白衣を着た私の姿しか見たことがなかったらしい。だから噂の本人が目の前の席に座っていることなどは思いもよらないことだった。

私は目を合わせようと事務長の肩越しから盛んに視線を送ったが、私の顔を見ても気がついてくれなかった。診察室では私の顔をまともに見ていなかったのかもしれなかった。

「エッセイなんか書いてるんだよねー」と後ろ向きの一人が言うと、Yさんが答えた。

「そうそう馬鹿みたいな話バッカだけどね」

私は思わず箸を持ったまま立ち上がった。

「コンニチワ」と言うと、Yさんが顔を見上げて「アラ！　先生！　いたの？」と言った。

（2015年）

桜吹雪

桜が終わる頃、名古屋駅は混んでいた。新幹線を下りてタクシーに乗った。抱えていた鞄を下して、「高速に乗って有松のインターでおりて」と言った。運転手は何かを食べながら後ろを振り返って「どこですか?」と聞いた。私は同じことを繰り返したが、「どこ?」と聞き返してきた。どうやら耳が遠いらしい。大きな声で繰り返すと、「わかりました」と大きな声で言った。

タクシーが動き出しても口の動きは止まらなかった。何かを食べているのかと思っていたが、よく見るとその動きは不随意運動であった。

タクシーは信号の手前で止まった。肩越しに記録用紙に記帳している手が小刻みに震えているのが見えた。

難聴で不随意運動の運転手のタクシーに乗ってしまったようだった。

咄嗟にタクシーを乗り換えようと思ったが、私は老年科の医者だ。相手が高齢であるからと言って拒否してはならない、と思い直して座りなおした。

信号待ちで車が混んでいた。運転手は腰を浮かして前をうかがい、何かぶつぶつつぶやきながら急に三車線の右端に出た。右折車線を走って信号の手前で止まっている車の最前列を横切って左折車線の先頭に止めた。

高速道路の入口では口をもぐもぐしながら震える手で料金を払った。

道路に出ると、パトカーが速度制限を呼び掛けた看板を掲げて走っていた。その横を猛スピードで追い抜いた。

メーターを見れば百キロをオーバーしていた。ここは高速道路と言っても六十キロが速度制限だぜ。右に左にスピードを落とさず車を追い越し、もぐもぐしながら自在に走り抜けた。

私は老人性振戦を抱えた暴走老人の運転するタクシーに乗ってしまったようだった。命の危険を感じていた。

TAXI
ただいま

左手に病院が見えた。数年前に私はあそこの病院に入院していた。一度は死ぬ覚悟をしたが生き延びた。せっかく生き延びたのに何という運命のいたずらだ。暴走老人タクシーの交通事故で死ぬのは無念であった。
三十分後に無事に自宅に着くと、桜が吹雪になって玄関を舞っていた。

（２０１７年）

情報今昔物語

研究室のドアをたたいて返事も聞かずに部屋へ入ってきた女性がいた。「突然ですみませんが」。書店の営業ウーマンだと名乗った。担当が変わったので挨拶に回っているという。私は人に会うときにはアポイントを取ってもらうことにしている。約束もないのに突然部屋に入ってくる人には冷たく接する癖がついている。「先生の専門は何でしょうか？」と、彼女が言った時にはむっとした。「それくらい前任者から引き継いで来なさい」と言ってしまった。

しかし、人に会う前にはアポをとるという習慣は最近のことだ。

昔は何の前触れもなく人を訪問したものだ。

田舎の家には、突然他人が来た。物売りや親戚や乞食がノックもせずに「こんちは」と、言って玄関の戸を開けた。座敷の障子を開けて「こんちは」という近所のおばさんもいた。

そういう時代が日本では長く続いていた。アポをとる習慣ができたのは最近のことだ。

私が小学校五年の時に六歳の妹を連れて母親の実家へ泊まりに出かけた。母の実家は電車に乗ってバスに乗り継ぎ、バスを降りると一時間も歩いて辿り着く山の中にあった。

母親は先方には連絡はしていなかった。電話がない社会であった。

私たちが情報であった。「あれ、よく来たじゃん。二人だけできたの？　ちっとも知らんかった」と、着けば祖母が言うはずだった。

二人は電車を降りてバスに乗った。バスの中で「あら、あきちゃん」と声をかけてきたおばさんがいた。「どこへ行くの？」。そのおばさんは祖母の実家の嫁さんであった。私が「母の実家へ行く」と言うと、「私の家に寄っていきなさい」と言って更に山奥のそのおばさんの家へ連れていかれた。

おばさんの家に二日泊まった。朝になるとおじさんが弁当に入れる塩鮭を囲炉裏で焼いて分けてくれた。塩にまみれた鮭は美味しかった。

三日目に当初の目的の母の実家へ送り届けてもらった。

その間、母親は子供たちに何が起きていたのかまったく知らなかった。送り出した息子と娘が実家へ辿り着かずに二日も行方不明になっていたのにである。五日目に家へ帰った。母親は、いつ帰ってこいとも言わずに送り出したのであった。幼い二人の帰還に「お帰り」とだけ言ったに違いない。連絡する手段のない庶民はそうやって生活をしていた。

人々は人々を信頼して情報が無くても安心して暮らしていた。

今、クリニックで待合室にいる学生は大抵スマホを見ている。診察室に入ってきた学生に聞いてみた。「一日に何回ラインを使うの?」「五十~六十回かな。少ない方よ、五百回も使う人がいるんだから」と言った。「今どこ?」「電車」「今バス」「今歩いている」「今着いた」そうやって延々と続けるらしい。

（２０１５年）

洪水

大学の医局に入局したばかりの頃、毎週郊外の病院でアルバイトをしていた。病院は丘の上にあり人里から離れていた。私は二十代の後半で、その病院では二十年ぶりの若い医者であった。それまでその病院で一番若い医者はT先生で四十七歳であった。病院の職員たちは久しぶりの若い医者であった私を大事にしてくれた。四十年前のことだった。

週に一回当直をしていた。病院の当直室は医局の隣にあり畳敷きの和室であった。夕方になって医者たちが帰ると、医局と当直室は自分しかいない空間であった。夜勤の看護師から二十一時に「平穏無事である」と連絡があるだけで、あとは自由な時間であった。広い空間と長い時間を占有できることに贅沢な気分になったものであった。

テレビをみたり、本を読んだり、論文を書いて長い夜を独り楽しんでいた。

ある夜、夜中にのどが渇いて目を覚ました。水道は畳の部屋の当直室から一段下がった所にあった。布団を抜け出して医局のスリッパをはいて水道の蛇口をひねって水を飲もうとした。しかし、その夜は断水であり、水は出なかった。仕方がなく、そのまま寝てしまった。

翌朝、洪水の夢をみたような気がした。遠方からチャプチャプと水の中を歩く人の足音が聞こえた。その音が次第に近づいてきて当直室のドアを開ける人がいた。「先生！　起きてください。大変なことになっています」

夢ではなくて現実であった。水が医局の床に溢れていた。断水で水が出なかったので、私は水道の蛇口を閉めずにそのままにして寝てしまっていた。

深夜に水道の断水は解除されて水が出るようになったようだった。全開にされて、蛇口から絶え間なく流れ続ける水は小さなシンクをたちまち満タンにしてしまい、水道水は医局の床に放流されて一晩中流れ続けたらしかった。私の寝ていた所は段差のせいで水難から逃れていた。

医局は二階にあった。溢れ出た水は医局から廊下に流れて階段を下って一階に流れ落ちていった。

水は一階の天井にある火災報知機に及び、漏電をきたし、火災発生を知らせるけたたましい音で一階に寝ていた事務員が飛び起きた。当直室を飛び出して目にしたものは階段から落ちてくる水流であった。彼はそれをみて感激したらしい。さすが、この病院は火事になればすぐ水が出るようになっている。

そこで彼は火事場はどこか探し回ったが火事の現場は見当たらなかった。

彼は火事が治まったのならスプリンクラーは止めなければならない。こんな水浸しでは外来ができないと思ったそうだ。パジャマの裾を上げて水源を辿れば医局に辿り着き、私の寝ていた当直室のドアを開けたのだった。

私は事態が飲み込めないまま裾をまくって医局を後にして、そのまま大学へ出勤した。内科の外来は一階にあった。その日は看護師がT先生に傘をさして診療をしたということだった。


（２０１７年）

忘れられたチョコレート

七十四歳のYさんは紙袋を持って診察室へ入ってきた。皺の集まった目じりからぱっちりとした瞳がのぞく魅力的な女性である。診察が終わると恥ずかしそうにその紙袋を看護師に見つからないように私にこっそり押し付けて出て行った。うっとりとして恋する表情であった。その贈り物を目ざとく見つけた看護師が言った。「それどこかで見たような気がする」。

「あ！　これ、これと同じだわ」と言って診察机の横にある棚から同じ紙袋を取り出した。

昨年から診察室の棚に気になる紙袋があった。誰のものか不明であった。

診察室は日替わりで医者が診察に当たっている。看護師も当番で毎日替わる。だか

らその紙袋は誰の持ち物か特定されずにいた。

患者から医者へ密かに渡された贈り物らしかった。もうこの病院へ来なくなった医者が忘れていったものかも知れないなどと私は想像していた。

最近は医者は贈り物を受け取ることはなくなった。患者も持ってこないようになった。

しかしバレンタインデーのチョコレートは微妙である。

画一的に断っていいものかどうか迷ってしまう。チョコに関心はないが行為は尊重しなければと思うのである。

以前からの紙袋が置かれていた診察台の横の棚は雑然としている。電話機があり、薬の本があり、患者用の糖尿病手帳などが置いてある。

誰が置き忘れたものか不明なまま春を迎え、夏を過ぎ、秋から冬になって、ついに二月の二週目を迎えた。

チョコレートが入っているらしい紙袋は誰の所有かわからぬまま一年が過ぎた。

今回Yさんが持参したバレンタインデーのチョコはそこに置かれてあったものと

まったく同じ物であった。今年も同じ物をもってきたのである。不審な品物は昨年のバレンタインデーに彼女から私へ贈られた「愛の証」であった。

（2016年）

Ⅳ　初恋

鍛冶屋の娘

私が小学校に入学したのは昭和二十四年である。同級生に幸ちゃんがいた。

小学校の北側にはちょろちょろと湧き出る水を集めた小川があった。小川は天竜川に注いでいた。小学校から眺めると中央アルプスの峰々が連なり雪を冠っていた。その裾に天竜川の堤防が見えた。小学校は野の底に小さく佇んでいた。タンポポが似合っていた。

小学校は一学年に一組しかなかったが、児童は多かった。戦時中の「産めよ増やせよ」の政策によってその頃の日本は子供で溢れていた。

私の入学した学級も五十人は超えていた。

その頃は保育園や幼稚園といった幼児教育を担う機関がなかったので、子供たちには小学校の生活が初めての集団生活であった。

机に向かって先生のお話を聞くという習慣がなかった。授業が始まってから終わるまで家に帰ってはいけないことも知らない子供たちであった。教室は鶏小屋のようなものだった。先生は手に負えなかったに違いない。

学校の正門の前に鍛冶屋があった。幸ちゃんは鍛冶屋の娘であった。

鍛冶屋は農具の修理や馬の蹄鉄を交換する場所であった。その当時は馬が農作業に使われていた。農作業は馬の蹄《ひずめ》を損傷するので馬は足に蹄鉄を嵌めていた。蹄鉄は鍛冶屋で定期的に交換しなければならなかった。

読者の中には「村の鍛冶屋」という小学唱歌を覚えている人たちがいるに違いない。歌詞は左記である。


暫時《しばし》も止まずに槌打つ響／飛び散る火の花／はしる湯玉／ふゐごの風さへ／息をもつがず／仕事に精出す村の野鍛冶屋

ウィキペディアによると、この歌は「長く全国の小学校で愛唱されてきたが昭和三十年代頃から農林業が機械化するにつれ野道具の需要が激減し、野鍛冶は成り立たなくなって次第に各地の農村から消えていった。児童には想像が難しくなり昭和六十年にはすべての教科書から完全に消滅した」という。

幸ちゃんはいつも窓際の席に座り外を眺めていた。

鍛冶屋に客が現れるのを眺めていたのだ。

農機具の修理や蹄鉄の交換の客は多くはなかった。一日中客がない日もあった。

そこで幸ちゃんの父親は天竜の河原で土方の仕事をしていた。天竜川は雨期になると必ず氾濫したので、河原にはいつでも仕事があった。店に客が来た時だけ戻って鍛冶屋の仕事をするのだった。

教室から外を眺めていた幸ちゃんは、馬を連れたお客が現れるとそっと教室を抜け出していった。そして鍛冶屋の入口に横たわっていた幟を立てた。それが合図となって父親が土方仕事を中断して帰ってきた。

急いで帰った父親はふゐごを吹いて火をおこした。

蹄鉄を打ち出すと馬の蹄の焼かれる匂いに小学校が包まれるのだった。


（2016年）

脛の傷

蜂の子は今では信州の特産品として高値で販売されているが、昔は貴重な蛋白源であった。蜂の子の巣を探すには高度な技術と体力が必要であった。

大人たちが里山に出かけて餌を仕掛けて蜂を待った。餌は田圃で捕まえたカエルの太ももであった。太ももの筋肉には先端をよじって細くした真綿がついていた。蜂がカエルの大腿筋肉を咥《くわ》えて巣に持ち帰ると、真綿も一緒に運ぶ仕掛けになっていた。

そんな仕掛けを知らぬ蜂はカエルの肉の匂いに誘われて集まってきた。真綿を吊るした餌を人の手掌で器用に咥えさせると、蜂は灌木の間を抜けて大空へ飛び立った。

真綿をぶら下げたままゆらゆら揺れながら空中を舞った。真綿を目印にして蜂を追いかけるのが蜂の巣探しであった。

蜂は地上の都合は無視して飛ぶ。人は空中に舞う白い物体をひたすら追い求めた。地上の障害物を避けている余裕はなかった。大人たちは夢中になった。空間を飛ぶ蜂に障害物はないが、追う人間が走る地上は危険に満ちていた。

その頃の子供には遊び道具はマルケンにビーダマ、楽器は木琴とハーモニカしかなかった。子供たちは大人の真似をして遊びたがった。しかし危険な蜂追いは親により禁止されていた。

私は小学校五年生の時に大人に混じって蜂を追った。ひたすら上を見て走ったので右の脛がアカシヤの木の株に突き刺さった。強烈な痛みが走り出血をした。しかし、叱られるのを恐れて大人たちには内緒にしていた。傷は赤くなり熱を持ち化膿していった。子供心にも命の危険を感じたが母親に助けを求めることはなかった。その頃の死因で多かったのは女性はお産であり、男性は事故で、子供は感染症であった。私の脛の傷は抗生物質による治療を受ければ簡単に治癒するが、放置すれば大自然の動物のように死ぬ危険性さえあった。

私が生き残ったのは、ただ運がよかっただけだ。

（２０１６年）

初恋

私の母校である伊那北高校は中央アルプスの麓に広がる伊那谷にある。伊那谷は広い平地であり天竜川に沿って飯田線の電車が走っている。

秋になると駅伝があった。足の速い者が選ばれて学校から丘を下りて天竜川沿いを走って東の丘を目指した。途中で飯田線の電車の鉄路を横切らなければならなかった。選ばれた選手たちはタスキを受け継ぎ、最初の頃は優劣がついていなかったが次第にトップとラストには差がついた。

四番目の走者がトップを走っていると飯田線の踏切で遮断機に遮られてしまった。通過する電車の前でイライラしていると次々に選手が到着してきた。ついには最後尾の選手も一緒になった。皆がそろったところで遮断機は上がり再度スタートであった。

声変わりが終わり、髭が生え始める頃だった。

女子生徒は一学年に十人ほどしかいなかった。女生徒と話をするような好機は滅多になかった。女の子の手を握った経験のある生徒はフォークダンスで幸運に恵まれた者だけであった。

卒業して十年ほど経たときに同窓会があった。心に秘めていた秘密を打ち明ける勇気のある者がでてきた。密かに恋していた女の子の名前を打ち明けた。周りで酒を飲んでいた者たちの眼が輝いた。彼らの初恋も同じ女の子であったのだ。密かに憧れていた女子生徒が皆同じであったことにお互いに驚いた。

秘めていた恋人は同じ人だった。そして誰一人としてその子とお話をしたことがないこともわかった。

純情な子供たちだった。遺伝子の誘導を受けて同じように成長していた。

卒業して思い思いの人生を歩きだした。

加齢のスピードは似たようなもので誰でも同じように年寄りになると思っていた。

六十代の後半になって私は三十年ぶりに故郷で開かれた同窓会に出席した。

人生行路

皆それぞれに年を重ねていた。当時の担任の先生だった人よりも年寄りに見える者がいれば、昔のままの若さを保つ者もいた。

私たちの人生行路において卒業後には遮断機は下りなかったようだ。（2016年）

長男の憂鬱

信州の田舎で葬式があった。私は予定していた行事をキャンセルして出かけた。葬式用の礼服を車に積んで、道端に雪が残っている伊那谷を車で走った。駒ヶ岳の頂上は冠雪していた。三月の初めであった。

私には田舎の親戚の葬式には必ず出席しなければいけないという思いがある。幼かった頃の葬式の体験は今でも脳の底に染み込んでいる。

私の祖父は六十三歳で死んだ。今から六十年ほど前である。終戦後の間もない時期で日本人の平均寿命が五十歳程度であった。その頃の六十三歳はずいぶんと老人に思えた。どこの家にもお爺さんやおばーさんがいた。孫ができれば皆年寄りであった。

「東の家のオジーさん」とか「南屋敷のオバーさん」などと呼んでいた。南屋敷のオ

バーさんは優しく、白木屋のオバーさんはいつも縁側に座っていた。

その頃の葬式は死者の家でおこなわれた。私の祖父は六月の梅雨の時期に死んだ。庭には杏子の木があり、地上に落ちた実からは甘い香りが漂っていた。

田舎の葬式は重大行事であった。お爺さんが死ぬと親戚一同が集まって葬式の段取りを決めた。土葬であった。墓掘から死者を運ぶ役までさまざまな役割がその場で決められた。

通夜から始まって一通りの儀式が終わるまで数日かかった。その間の料理は女たちの仕事であった。集落の住人たちは自分の家事は放りだして葬式に専念するのだった。厳かに死者を弔い、死者を送り出して家を存続させていたのだ。長年にわたって伝承されてきた習わしで、手順の変更を言い出すような不届き者はいなかった。

葬式の儀式は、家父長制度の存続がこの世の重要事項であることを子供たちの脳深くに擦り込んでいたはずだ。

江戸の時代から続いてきた家の継承は何事にも増して最重要課題であった。死んだ者はお墓に住んでおり、お盆には帰ってくる。死者の帰還する場所を確保しておくことは、生きている者の義務であった。死者が帰る所を失うことは生きている者の魂の喪失であると教えられて育った。百姓の子は百姓を継ぎ、商人の子は商人になり鍛冶屋の子は鍛冶屋になった。田舎を捨てて帰ってこない長男などはいなかった。そんな生活は天竜川の流れのように永遠に続くであろうと思っていた。

私は親戚の葬儀場を目指して天竜川沿いを車で走った。天竜川は六十年前と変わらず悠々と流れていた。

私の卒業した高校は天竜川の西の丘にあった。冬には川の岸は凍っていた。春になるとタンポポが咲いて夏には入道雲が湧いた。私が天竜川沿いを自転車で通っていたのは五十年以上も昔のことだ。

昭和三十年代に入ると戦後は終わったと言われるようになり、高度経済成長の時代の波は田舎にも波及してきた。若者は都会を目指すようになった。田舎育ちであっても優秀な成績であれば都会の大学へ進めるようになった。家の格などという封建的な思想は崩壊していった。高校では成績が競われるようになり、地方の高校でも難関の大学へ進学する者が出てきた。

親たちも子供を煽り立てた。学業に秀でることは田舎のインテリ層の間では揺るぎない価値となっていった。親は子供の成績が上位になることを期待した。子供たちは親の期待に添うように勉学にいそしんだのである。

やがて一流の大学へ進学した子供たちは親を残して都会に出て行った。「いずれは帰ってくるだろう」という期待を残して。

しかし、日本の近代化は地方を捨てる方向に進んでしまった。地方には何にもなくなり都会には何でもあるようになっていった。地方で優秀であった学生が大学を卒業しても故郷には就職する会社はなかった。都会へ出た子供たちは故郷を捨てざるをえなくなったのであった。

都会に出た子供が帰還しないことを知った親たちは、一転して今までの人生を嘆くようになった。

「一生懸命育てた優秀な子供が家に帰らない」「何のために子供を育てたのか」

親の意に沿って走ってきたつもりだった子供たちは、親の嘆きに遭遇することになってしまったのだ。

私たちの世代が「ふるさと」と思うとき、そこには奇妙な懐かしさと共に複雑なうしろめたさを含むようになった。梯子を外された者の悲哀が伴うのである。

親戚の葬式は葬儀場でおこなわれた。最近の都会の葬儀と変わりはなかった。田舎でも、簡素化が進んでいるのだ。

（２０１６年）

長男の嫁

私が勤務している大学は女子大であったが、十年ほど前から男女共学になっている。共学になった最初の頃は男子学生は女子大生の群れの中で怯えていた。次第に男子学生が増えて、現在では三割から四割は男子である。

私は講義をしている。

講義では私語が教師たちの悩みの種である。私語を流行らせないようにするためにさまざまな手段が試みられている。常套的に用いられているのは、大声で注意することである。しかしこの方法は限定的で、瞬間的に収まるが、すぐに夏の日の蚊のように私語はどこからともなく湧き上がる。

私語撲滅作戦に成功しても、夏の暑さは学生たちの意識レベルを覚醒の域に保持させておくのは難しい。

講義の内容に興味がなくなると意識消失に陥ってしまう。睡眠は意識消失の代表である。一般大衆向けの講演でも、学会のシンポジウムでもつまらない話になると寝入ってしまうのが人間である。私は不眠症で夜の眠りにつくのに毎日苦労している。しかし学会の会場ではうたた寝の常習犯である。

学生たちの反応は驚くほど早い。つまらなくなると瞬時に瞼が重くなり、机にうつぶせになって寝てしまう。私語させず、居眠りさせないようにするのは講義をおもしろくすることである。しかし、学問におもしろいことは少ない。そもそも学問とは優しいことを難しくして教えることなのだ。そして学問というものは眠いもののようだ。

私は眠っている学生に質問することにした。

講義中にぐっすり寝込んでいる学生に聞いてみた。「終末期ってどんなことを言うの？」。隣の学生に突かれて目を覚ました学生は戸惑っていた。私は再び「終末期って？」と聞くと、「日曜日！」と答えた。

＊　＊　＊

受講中の学生たちを私語させず、眠らせない方法は、ただ一つ、彼ら自身にしゃべらせることだ。

比較的少人数の講義で「君たちの母親に介護が必要となった時に、家で面倒をみるか、それとも施設に入れるか」という課題でディスカッションをさせた。

最初はほとんどの学生が家で面倒をみると言っていた。

今でもお弁当をつくってくれる母親を施設に入れるなんて考えられないというのだ。

近頃の学生たちは優しい心の持ち主が多い。

しかし議論が始まると、未来には複雑な状況が待ち受けていることに気がついていった。

「私長女だけどさ、その頃私は誰かと結婚しているわけだよね」

「そうだよね、長男の嫁になっている可能性だってあるよね」

「じゃあ私その人のお義母さんの面倒をみることになるわけ？」

「私の母親は誰が面倒みるの？」

「お兄さんのお嫁さんが面倒みることになるわね」

しばらく仮想の話が続いた。

そこに展開されたのは彼らが現在おかれている家庭の状況である。

S子は自分の家庭のことを話した。母親が脳梗塞の姑の世話をしている。

母親の母も介護が要るのだが、自分の親の面倒をみている余裕はない。

父親は手を出さない。

「姑には他に子供がいるの？」

「いるいる、女の子が二人」

「その人たちに介護を頼めばいいじゃん」

「それが全然面倒みんのよ。二人とも長男に嫁いでいるの」

「舅はいるの？」

「いるけど認知症」

彼らの未来は次第に悲観的になっていった。

「自分の母親は結婚したらみられないね」

「自分の母親の面倒をみるってことは結婚しないってことだね」

＊　＊　＊

私が「そろそろ結論をだしなさい」というと、女子学生たちは「母親を施設へ入れる」と言い始めた。

男子学生はそれでも「家での介護をする」と言い張った。

しかし「結局、あなたの嫁さんになる人が、あなたの母親の面倒をみるんでしょう」という女子学生の一言で、男子も全員「施設へ入れる」ということになった。男子学生には長男が多かった。

その「お話し合い」を聞いていて、私は、私の世代と半世紀も離れた子供たちも「家」という呪縛から逃れていないことに驚いた。

介護保険の創設時には、介護の社会化により長男の嫁を介護から解放できるのではないかという夢があった。

私は現代の女子学生の中にはきっと「なぜ長男の嫁が舅や姑の介護をしなくちゃならないの！　私は自分の親の面倒をみたいわ」と主張する者が現れるであろうと思った。しかしそのような学生はいなかった。

介護保険創設時の「長男の嫁の苦労の解消」への熱気は時代の中に消えてしまった。

古くからの伝統であった「長男の嫁の義務」は修正も改善もされずに現代の学生たちに受け継がれているようだ。

（2016年）

年賀状

年をとると時間が経つのが速くなる。昨年の年賀状の整理をしていないのに今年の年賀状が届いた。元旦の郵便受けは刺激的である。年賀状を送っていない人から届くと取り返しのつかない失敗をしてしまったような気分になるからだ。

年賀状を出し始めた若い頃は宛名は自筆で、挨拶の文章は相手に応じて個別に書いた。同じ文章を複数の人に書くことはなかった。

この頃ではインターネットによる年賀の挨拶が流行っているそうだが、年賀はがきはメールと違って年末の決められた日までに書かなければならない。

パソコンが普及し始めると、印刷された宛名の年賀状が届くようになった。手紙は自分で書くものと思い込んでいた当時の私は、そのような年賀状によい印象を持たなかった。文章も印刷されたものが流行るようになった。

表も裏も印刷された年賀状は味気のないものであった。ただの儀礼であると思い、好きになれなかった。

五十歳代になると年末は忙しくなった。年の初めに目標を立てていなかったのに、何かやり残したことがあるような気がする時期である。

会議が多く忘年会が毎晩のように重なるので、毎日が二日酔いであった。年賀状を書くという作業は大晦日になることが多かった。

枚数が増えてくると次第に重荷になった。

宛名を業者に頼むようになった。裏の文章もお金を出して印刷してもらった。

そして国立大学に勤めていた最後の頃はすべてを秘書に任せてしまった。

表も裏も印刷したもので、何のコメントも書いてない年賀状を出すようになった。好きではなかった義理の年賀状を自ら出すようになっていた。

国立大学を定年になり秘書がいなくなった。多い年賀状を減らそうと名簿から宛名を削除した。義理で出していたものや患者への年賀状は止めることにした。年賀状だけのお付き合いの人も削除した。

その結果、届く年賀状は年をおって減ってきた。

喪中欠礼のハガキや、年をとったので来年からは出さない、という賀状をもらうことが増えてきた。

年賀状はメールやラインの普及によって日本中で減ってきているそうだ。

わざわざ自分で減らす努力をしなくても届く年賀状は確実に少なくなっている。

七十歳を過ぎると会議も少なくなった。年末までに仕事を終えなければならないような責任のある立場でもなくなった。

年に一回だけ「生きてるよ」と消息を伝えるのも悪くないと思うようになった。

今年からは年賀状をたくさん出そうと思っている。

（２０１６年）

夏の終わり

大学からの帰路に小路がある。コンビニを過ぎて丁字路を右に回ると、左側に松の木があり、小さな家が並んでいる。

道路は二車線であるが道幅は狭くて対向車が来ると車の速度は自然に落ちる。

帰路はいつも夕方である。

いつもは幹線道路を通っているのだが、その小路を通過してみたくなるのは故郷である信州の寂しい夕暮れと同じ気配を感じるからである。

五百メートルほど進むと林があって、その向こうに池がある。

池のほとりに夕焼けに染まる壁がある。柿の木とともに建つ小さな家の壁だ。

暮れかけてよく見えないが、庭にはホオズキが赤い袋を膨らませているかもしれない。

今は夏の終わりだ。

お盆が過ぎて秋の虫が鳴き始める前、まだ夏の太陽はそのままで、風はそよがず、夕立も来ない夏の日の午後。空には夏の名残の虚しさが漂い、秋の気配はない。赤トンボにはまだ早く、麦わらトンボはもう飛ばない。私はきまって憂鬱な気分に襲われる。そういう季節を七十数年繰り返してきた。

私の脳の深部にこの感覚が蓄えられたのは、七十年前のこの季節に父の戦死の連絡がはいったからに違いない。私の父は私が一歳の時に戦死している。母はまだ二十歳の若さであった。

路の終わりに小さな精神病院がある。壁に雨の跡が流れており、全体に赤茶けたくすんだ建物である。看板には「看護師募集」とある。

人手不足の病院には、夕焼けに「家に帰りたい」と叫ぶ老人が入院しているに違いない。

夕闇に母を求めて泣いている子供がいるかもしれない。

夏の終わりに私が悲しくなるのは、母の背中で母の泣いていた肩の震えを思い出すからだ。

私がその路を辿りたくなるのは路地からのぞく夕焼けの空に微かに母の面影をしのぶためだ。

（２０１６年）

V

往ったり来たり

往ったり来たり

糖尿病患者が血糖値をコントロールするのは来るべき将来に合併症を生じないようにするためである。成人が血圧を低く保つ努力をするのは老人になってから認知症にならないためだ。

Kさんは八十三歳で糖尿病である。「今は将来のためにある」。人生は「今は将来のためにある」。

Kさんは八十三歳で糖尿病である。平均寿命を過ぎた八十三歳は微妙な年齢らしい。

「どうですか?」と私が聞くと、「どうってことないですよ。タダ生きてるだけ。あの世へ往ったり来たりしてるようなもんですからね」「低血糖は無かったですか?」

「妻が言うんですよ。低血糖になったら大変。いつもお砂糖持って外出してよって。でもね、私は低血糖でコロッと死ねたら最高だって思っているんですよ」

しかし、彼は毎日五千歩以上歩いて食事には注意を払っている。そしていつも血糖

ポックリ

値が気がかりだ。コロッと死なない努力をしている。

Kさんは大学教授であった。生きていくためにやらなければならぬ義務を背負っているのが成人であり、その義務から解放されたのが老人である、と思っている。若い頃は義務の谷間に泡のように生まれるのが暇であった。暇があれば「将来の役に立つ」勉強をした。時間を無駄にすることは悪であった。無為な時間を過ごすことは精神の不調と同義語であった。

しかし老人になったKさんにとって「日常が暇」である。定年退職後に暇を持て余したが、思いあぐねて得た結論は「役に立つ」などというけち臭いことにこだわらず、高度で豊かな教養を保つのが理想の生き方であると考えるようになった。

だからうつらうつら無為な時間を過ごしても何ら負い目を感じなくなった。

Kさんは最近パソコンを始めた。

「将来のためにやっているの?」「いや、時間が潰れるしおもしろいからやっている。でもゲームはやらないよ」「何で?」「役に立たないから」とKさんは思わず答えた。

老人の理想は往ったり来たりであるようだ。

（2017年）

私のゴルフ

認知症の予防にはさまざまな方法が報告されているが、今のところ運動に勝るものはなさそうだ。最近、わざわざ時間をとって特別な運動をしなくても家の中で掃除や洗濯していても、ただ歩くだけでも効果があると報告されている。

ゴルフは全身を使ううえに歩くスポーツなので、認知症予防に効果が大きいと考えられる。

定年退職をした男性たちはゴルフを楽しんでいる。

私のところへ通ってくる糖尿病の患者たちも「何か運動してる?」と聞くと、「ゴルフ」と答える患者が多い。

私の部屋の片隅にゴルフのアイアンが一本立てかけてある。

私が十年ほど前にゴルフをやっていた時の証である。家の玄関のカギを壊して泥棒が入ってきた時に、そのアイアンで一撃にするために部屋に置いている。棚の奥には未使用のゴルフのボールが箱に入ったまま使われずに置いてある。箱を開ければ緑のカビが生えているに違いない。

私がゴルフをやり始めたのは医者になって五〜六年経った頃だった。先輩に連れていかれて夢中になった。その頃は初めて夜の街へ連れていかれた頃でもあった。

運動が苦手であった私がゴルフだけ上達する素質はなかった。

しかしたまにヒットした打球は天空を突き抜けて惚れ惚れするものだった。私は練習すれば上達することは確実だと勘違いした。

日曜日には小学生だった息子を連れて練習場へ行った。ジュースを飲んでいた息子が言った。「パパの打ち方は他の人と違う」

その時から私は客観的にはおかしなスイングをしているのではないかと思い始めた。

ゴルフは人格を表現するものではないが、ゴルフ場へ出ると、スイングや打球が人物を表現しているように見えるから不思議である。スキー場でスキーの上手い老人が上等な人間にみえるのと同じである。

ゴルフもスキーも自分のホームはわからないが他人のホームは客観的に見ている。「あいつのような打ち方だけはしたくない」と思っていた人が、打ち損じた時に「井口のように打っちゃった」と言われた時は心底がっかりした。

ゴルフを始めてから二十年経った頃に練習場へ行った。親切な支配人がいた。「あなたのような初心者はボールがもったいないので素振りから練習する方がいいですよ」と言われた時は、天分の無さを自覚した。

それ以来ゴルフへ行くのがめっきり減った。そして行かなくなった。

夜の街へ飲みに出かけることもなくなった。

ゴルフも夜の街も通い始めると夢中になったものだが、いったん中断すると、忘れてしまうようだ。


（2015年）

コンビニ奮戦記

毎朝コンビニへ寄って新聞三紙を買う。それにペットボトルのお茶を十年間買ってきた。

中年の女性が一人で切り盛りしていた。

その女性と会話をしたことはなかったが、たまにレジで「いつもありがとうございます」と言っていたので、私が毎日そこで購買していることはわかっていたようだった。

その日は四月の下旬で、車のドアを開けると雨が車内へ振り込んで来たので傘を差す前にペットボトルのお茶の残りを運転席に座ったまま外へ捨てた。

店主はアルバイトの学生を連れて店の周りを歩いていた。私を見咎めて近づいてきた。「お客さん！　止めてください！」と言った。私はなぜか即座に「すみません」と謝った。

私はいつものように店に入り、新聞とお茶を買った。店主は先回りしてレジで私を待っていた。

「ペットボトルの水は店の中に捨てる場所があるのでそこへ捨ててください」とレジの前に立った私に言った。

私は「すみませんでした」と再び謝った。店主は無言でお釣りを差し出した。

私は「すみませんでした」と言ってそこを離れたが、店主の硬い表情は私の脳裏に残った。

私が悪かったことは認めるが、十年間も毎日通ってきた馴染みの客にあの態度はないだろうと、店を出て大学の研究室へ辿り着いてから思い直した。

年をとると運動後の筋肉痛が数日後に出現する。同じように高齢者の怒りは時間を経てから出てくるようだ。

私の怒りの感情を女店主に知らせようと思った。

コンビニ

私はその日以来そこへは行かなくなった。

一週間、行かなかった。毎日新聞を買っていた「品のいい老人」が来なくなったことにそろそろ気がつくはずだ。

二週間経った。「あの人、怒ったのかしら」と思いつくはずだ。いいお客さんを失って悔やんでいるに違いない。

三週間経った。「ひょっとして俺が死んだと思ってるんじゃないか」と、不安が生まれた。

四週間経った。私はまだ生きていることを知らせるためにそのコンビニへ行こうかどうか、迷っている。


（2017年）

ハンサム

私の勤めているクリニックは大学の構内にある。学生の他に一般の人も対象とした診療所である。待合室は老人と学生が混在している。

Sさんは六十九歳の男性である。若い頃は製薬企業に勤めていた。若い頃はハンサムな営業マンであった。今は腹が出て昔の面影はない。最近は老人クラブの女性たちに「知的」で売っているようだ。川柳三昧である。名作を持って現れた。「渡らない三途の川と黄信号」

私は学生の講義で二十歳の女学生に聞いてみた。「ハンサムな男と知的な男とどっちが好き?」女学生は迷わず「ハンサム!」と答えた。

Yさんは七十六歳である。定年までSさんと同じ製薬会社に勤めていた。Yさんは

Sさんの上司であった。二人の住まいは近所であるらしい。

二人とも糖尿病で私の外来へ通院している。

Yさんは営業マンであったので情報が多い。今でも昔の仲間や医者たちと定期的に飲み会をやると言っていた。大先輩のT先生が亡くなったのを教えてくれたのはSさんだった。「いや先生！　あれは間違いだった。T先生はまだ生きてます」と教えてくれたのもYさんだった。

Yさんは最近車の免許証を返上した。目がみえにくくなり、耳が遠くなったのでゆっくり運転していた。すると乳母車にも追い越されてしまうようになった。だから潔く運転免許証を返上したらしい。

そこで近くのSさんに乗せてもらって私のクリニックへ来るようになった。

二人の予約の日は合わせるようにしていた。薬を七週間分出そうとすると、七×七で四十九日分となる。「四十九日はちょっと」とSさんが言うので大抵は六週間分の薬を出して、同じ時刻を予約する。

「次回の予約だけど、いつものようにSさんと同じ日にしようか」と私が言うと「次

別の日に

からは別の日にしてください」とYさんが言った。「どうして?」と聞くと「帰りに麻雀に誘われるんですよ。いつも私が負けるんで高くつくんですよ。だからこれからはタクシーにします」と言った。

（2016年）

思い過ごし

昨年の九月の夜、ＮＨＫテレビで市川染五郎の密着特別番組があった。ラスベガスの屋外で噴水とＣＧを駆使した歌舞伎を演じていた。

私は最初から最後まで見ていた。染五郎が殺陣を演じ水の上を走った。ＣＧの鯉と激闘を演じて最後に鯉を頭上に掲げて右足を踏ん張って大見得を切った。私はそれを真似た。大股を開いて右足を床にたたきつけた。その瞬間に全身の力が抜け床に崩れ落ちた。右膝に激痛が走り、立つことができなくなった。妻の助けを借りてよろよろと立ち上がったが、右足を床につけても全身を支えることはできなかった。私は右足を骨折したようだった。

私は六年前にスーパーでお皿を割って入院して手術をしたことがある。その噂を聞いた人は「なぜスーパーでお皿を割って入院したのか?」と疑問に思ったそうだが、真相は「スーパーの駐車場を歩いているときに左手の荷物が左足を塞ぎ、右足の膝がコンクリートに激突して膝蓋骨が骨折して手術をした」ということであった。

同じことが身の上に起こったことに衝撃を受けた。前回はまだ比較的若かった。しかし今回は根治はできないかもしれない。翌日入院することにしたが、翌日の入院までの間、前回使用したギプスを当てて予後を予測した。

人は誰でも最悪の事態を想像するものだ。私の脳内は不安の神経伝達物質が溢れ出て止まらなくなった。

しばらくは病院に入院しているが、近頃のご時世では病院に長くおいてもらうわけにはいかないだろうと思った。そのうち退院することになるが、歩けない私は家で終日過ごさなければならないだろう。私はトイレに行くにもお風呂に入るにも他人に依存しなければならなくなるだろうと想像した。

家に帰ってからの、在宅療養の状態をどうするか。この地域での主治医は誰がいいか。訪問看護の手配はどうすればいいのだろうか。私の将来は極限まで煮詰まっていった。

しかしそれらは私の思い過ごしであった。数カ月後には歩けるようになって退院した。日常生活は自分でできるようになった。杖を頼りに、大学へ行くこともできるようになった。

しかし大学構内を腰を曲げて杖を頼りに歩く姿を見れば、私は老人に見えるであろうとまた被害妄想がでてきた。私を見た人が「井口先生は急速に老化が進んで杖を頼りに歩かなければならなくなった」と思うであろうと想像した。

私はその誤解を解くために会う人ごとに「ローカではありません。骨折です」と言って弁解をした。しかし多くの人は「廊下でないところで骨折したと訳のわからんことをセンセイは口走るようになった」と思ったそうだった。

それから三カ月が経ち、今では杖も要らなくなった。


（2016年）

私の腹が立つ理由

私は毎日車で大学へ出勤している。郊外の病院で週に一回患者を診ている。愛知県や名古屋市の委員会にも出席する。地方の施設や病院の理事会にも出ている。どこへ行くにも自分で車を運転して行く。

高齢者の自動車事故が増えている。高齢者が事故を起こしたというだけでニュースになるようだ。だから自動車事故があると年齢を強調して報道するようになった。「年をとると運転能力は確実に落ちることを自覚しなさい。年寄りは運転を控えるようにしましょう。できれば運転免許証を返納しなさい。認知症になる前に」と警察は盛んにアピールしている。

自動車の装置が進歩しているそうだ。近い将来は自動運転社会になるかもしれない。

科学技術の進展が年寄りの運転の未熟を補てんしてくれるらしい。金をかければ事故を起こす確率を下げることが可能になったということだ。

ということで車を買い替えることにした。

最新の装置のついている車を注文した。

国会で共謀罪が成立した。内心の自由が侵される危険が迫っている。個人の情報が知らぬ間に警察権力に掴まれてしまう恐れがある。共謀罪の成立と車の買い替えと関係はないが「私の腹が立つ理由」の原因である。

新車購入には車庫証明が必要である。車の販売店から電話があった。

「警察署から連絡がありました」。私は悪い予感がした。

「車庫を確かめるためにお宅へ行ったそうですが、お留守であったそうです」

ウィークデイの昼間に年寄りが家にいないのはけしからん、と言われたような気がした。「それで車庫のシャッターが閉まっていたそうですが」車庫のシャッターはいつでも閉めてある。何が悪い！「明日の十一時から十二時の間は家におりますか、と警察から問い合わせてきているんですけど」

明日は金曜日じゃないか。私は威圧的な警察からの連絡に次第に腹が立ってきた。

「いるわけねーだろ！」

「家にいない場合はシャッターを下から五十センチほど開けておいてください、ということでした」

私の家の車庫は倉庫を兼ねたもので、盗まれては困る物も置いてある。それに我が家は車庫から家に入る仕組みになっている。

この経緯をかいつまんで説明すると以下のようになる。

私は現在の車で満足しているのだが、年寄りが運転するのは悪いことだという風潮がある。だから私は仕方なく高い金を出して自動的にブレーキが作動するらしい車に買い替えることにした。

駐車場の存在を確かめるために警察が前触れもなく我が家に探索に来た。不在であったので、明日も行ってやるから家におれ！　ということだった。もしも不在であれば駐車場のシャッターを開けておけと命令された。警察が！　留守の間に戸を開けておけ！　というのだ。

人の弱みに付け込んで警察は留守の間に駐車場に忍び込み、共謀罪のための資料を集めに来るんだろうと勘ぐった。
だから私は腹が立ったのだ。

（2017年）

私の理髪店

私は結婚してから三回転居している。最も長く住んでいたのは愛知県の住宅供給公社の建てた住宅で二十年間住んでいた。入居したのは昭和五十年頃であった。求人が殺到して抽選で入居が決まった。

生まれ育ったのは信州であるが、信州の社会からは次第に疎遠になっていき、そこの団地が私にとっては新しいコミュニティであった。

住宅は川の土手の脇にあった。

春になると土手にはクローバーが咲いた。妻と幼い子供たちはタンポポの咲く土手に四葉のクローバーを探した。

団地には三棟あった。一棟に六十戸ほどの家族が住んでいた。

どこの家からも母親が子供を叱る声が聞こえていた。

少年野球で長男が初めてユニホームに手を通したのもそこの団地だった。

子供たちは雀のように群れて騒がしかった。

住人が道路に桜を植えたが、私たちの住んでいた頃は花は僅かしか咲かなかった。

住宅の南を左に折れて直進すると賃貸の貸店舗が並んでいた。行きつけの食堂があり、クリーニング店があり、美容院と並んで床屋があった。

床屋の向かいに小さな天ぷら屋があった。

私は一・五カ月に一度床屋へ行った。

床屋の名前は「LS」と言った。床屋は若い夫婦が営んでおり、彼らには二人の子供がいた。

ふくよかな女房に髭を剃ってもらうと眠ってしまった。気持ちよいままに目を覚ましたら亭主に変わっていたということがたびたびあった。

私が子供を連れていくと床屋は保育園のようになった。

子供たちが家を離れた頃に私たち夫婦は団地を出て郊外に移り住んだ。仕事も忙しくなり、床屋は大学の中にある理髪店を利用するようになった。

月日が経って私は国立大学を定年になった。

大学を離れる時にどこの床屋へ行こうか迷ったが、昔の床屋の周辺にはかっての仲間たちがいるはずであると思った。車で一時間かかったが、以前に通っていた床屋へ通うようになった。

久しぶりにLSを訪れると床屋夫婦の子供たちはいなくなり、代わりに犬がいた。クリーニング店や電気店、食堂はなくなっていた。天ぷら屋は昔ながらの風情で商売を続けていた。私は天ぷら屋で天ぷらを食べて床屋へ通うようになった。第二のふるさとへの帰還に似た思いであった。

そして五年が経過した。

事件は一年前に起こった。

うららかな春の日の金曜日、床屋に着くと客はいなかった。私がその日の午後、最初の客だった。

床屋には二つの理髪用の椅子があった。その日は女房はいなかった。髪のカットが終わった時に新しい客が来た。亭主は「女房が来るまでちょっと眠っていてくれない」と私に言って、隣の椅子で二番目の客の髪を刈り始めた。女房に私の顔を剃らせようという魂胆だった。

私は待たされるのは不満だったが、黙って椅子を下りて待合の席に座って新聞を読んだ。

亭主は楽しそうに二番目の客とゴルフの話をしていた。

そこへ三人目の客が来た。その日は珍しく客が多かった。その客も交えて三人はゴルフで話が弾んだ。

床屋を巡る新しい仲間ができていた。私は仲間外れになったような気分になった。

亭主はすっかり私のことを忘れてしまった。女房はいつまで経っても来なかった。

四人目の客が入口に見えた時思わず怒鳴った。「俺は客ではないのか！」亭主はびっくりした。「すみませんでした。やります、顔剃ります」といって空いていた椅子に戻った私の顔を剃り始めた。

私は、声に出して怒りたかったが、顔に剃刀を当てられているので、しゃべれなかった。眼光に怒りが出ているはずであったが、あいにく目は瞑っていた。歯をくいしばり、両方の唇の端には緊張感があった。「もう二度とこんな床屋へ来ない」という表情をしていたはずであった。

亭主が反省しているのはわかったが、怒りのムードに入ってしまった表情を崩すのは難しかった。亭主はずっとその顔を見つめて髭を剃らなければならなかった。

無言で代金を払った。亭主の「すみませんでした」に見向きもせずに店を後にしようとした時に、敷居につまずいて転倒しそうになった。

その事件があってからＬＳへは通わなくなった。団地へ近寄ることが、はばかられるようになった。

私は二度目の故郷を失ってしまった。

通うべき床屋がなくなってしまった私は名古屋の都心にあるホテルの理髪店に通うようになった。しかしその高額な料金を取る理髪店に馴染めなかった。自然に頻度が減っていった。

通い初めて一年経つとホテルの理髪店は前触れもなく閉店した。金額が高くて客が寄り付かなくなったのが原因であると思えた。

私は再び通う床屋を失った。

思いあぐねた結果ＬＳへ戻ることにした。何気ないふりをしてＬＳへ戻った。亭主も何気なく迎えてくれた。それからはまた天ぷらを食べて一・五カ月に一度ＬＳへ通うようになった。

今は春である。

川の流れは穏やかで土手にはタンポポが咲いている。

子供たちの声は聞こえないが桜は満開である。

（２０１６年）

旅の途中——あとがきにかえて

日曜日の昼下がりに庭に出て家の前の坂道を見下ろしていると、賑やかな声とともに数人の人影が現れた。見物人の一行である。おじさんは腰に小物入れをぶら下げている。おばさんたちは日よけの帽子をかぶり運動靴である。

私の家から名鉄電車の有松の駅までは徒歩で三十分の距離である。十五分ぐらいの所に有松の商店街がある。旧国道一号線に沿って土産物屋が並ぶ。有松絞の記念館や味噌煮込みうどんの店もある。

観光客が電車を降りて商店街を抜けると住宅街に出る。住宅街の一キロメートルほど先に桶狭間古戦場公園がある。

駅を降りて私の家の前を通り「古戦場の跡」へ向かうのが最近の観光ルートのようだ。

私の住んでいる地域には織田信長の争った古戦場があちこちにある。桶狭間の合戦を描いた江戸時代の絵図はあるが、「現在の地形にあわない」のだそうだ。だから本家争いを繰り返している。

古戦場跡の公園も、集客のために最近つくられたものだ。

ガイドらしきお爺さんがぼんやり雲を眺めている私を見つけ「あのあたり——」と指を指す。私の家の辺りが戦場であったと説明しているようだ。

この台地に宅地造成で移り住んできた住民が集落をつくったのは二十年ほど前であった。それまではこの辺りは森林であったという。

土地区画整理組合が保留地として開発して集落ができた。だから信長とは縁もゆかりもない人たちが集まってきて住むようになった。

住人は町内会を組織して子供会をつくり、子供会が中心になって秋の祭りをするようになった。

私は十五年前から住んでいるが、医者であることを知った当時の町内会長に頼まれて健康相談を引き受けることになった。

私は信州の生まれであり、実家は信州にある。信州に帰還することが母親の悲願であった。私が長男として出なければならないのは信州の村の祭りであった。

名古屋での住まいは仮住まいで、人生はいつも旅の途中である。

健康相談役の医者を頼まれた時は臨時のわき役のつもりであった。

健康相談会には健康を相談に来る健康な人は滅多にいなかった。三人の老人を除いては。三人は毎年欠かさずに「血圧を測ってちょうだい」と言って寄ってくる。

彼らも異郷の出身である。

秋祭りに出席する住人は数年ごとに入れ替わる。

町内会長も四年で替わり今は三代目だ。

見渡せば当初から秋祭りに出席しているのは私と血圧を測定しに来る三人の老人だけになった。

私は古くから住む住民の一人になった。

観光客は庭で空を仰ぐ私を見て、古戦場で戦った野武士の末裔であると思うかも知れない。

向かいにある雑木林の空には、故郷の遠いあの日のように白い雲が浮いている。

この本には二〇一五年から二〇一七年の間に毎日新聞、名古屋大学医学部学友時報、あじくりげ、Geriatoric Medicine、Age and Health に連載したものの中から選んで載せた。

［著者略歴］
井口昭久（いぐち・あきひさ）
1970年、名古屋大学医学部卒業後、名古屋大学医学部第三内科入局。78年、ニューヨーク医科大学留学。93年、名古屋大学医学部老年科教授。名古屋大学医学部附属病院長をへて、現在、愛知淑徳大学健康医療科学部教授
おもな著書に『ちょっとしみじみ悩みつきない医者人生』『鈍行列車に乗って』『やがて可笑しき老年期』『〈老い〉のかたわらで』（以上、風媒社）、『これからの老年学――サイエンスから介護まで』（編著、名古屋大学出版会）などがある。

カバー・本文イラスト／茶畑和也
装幀／三矢千穂

旅の途中で　ドクター井口の人生いろいろ

2017年10月10日　第1刷発行　（定価はカバーに表示してあります）

著　者　　井口　昭久
発行者　　山口　章

発行所　名古屋市中区大須1丁目16番29号
電話 052-218-7808　FAX052-218-7709
http://www.fubaisha.com/
風媒社

乱丁・落丁本はお取り替えいたします。　＊印刷・製本／シナノパブリッシングプレス
ISBN978-4-8331-3176-6